Le prix d'un scandale

DANI COLLINS

Le prix d'un scandale

Traduction française de
LOUISE LAMBERSON

Collection : Azur

Titre original :
INNOCENT'S NINE-MONTH SCANDAL

© 2019, Dani Collins.
© 2020, HarperCollins France pour la traduction française.

Ce livre est publié avec l'autorisation de HARLEQUIN BOOKS S.A.

Tous droits réservés, y compris le droit de reproduction de tout ou partie de l'ouvrage, sous quelque forme que ce soit.
Toute représentation ou reproduction, par quelque procédé que ce soit, constituerait une contrefaçon sanctionnée par les articles 425 et suivants du Code pénal.

Si vous achetez ce livre privé de tout ou partie de sa couverture, nous vous signalons qu'il est en vente irrégulière. Il est considéré comme « invendu » et l'éditeur comme l'auteur n'ont reçu aucun paiement pour ce livre « détérioré ».

Cette œuvre est une œuvre de fiction. Les noms propres, les personnages, les lieux, les intrigues, sont soit le fruit de l'imagination de l'auteur, soit utilisés dans le cadre d'une œuvre de fiction. Toute ressemblance avec des personnes réelles, vivantes ou décédées, des entreprises, des événements ou des lieux, serait une pure coïncidence.

Le visuel de couverture est reproduit avec l'autorisation de :

HARLEQUIN BOOKS S.A.

Tous droits réservés.

HARPERCOLLINS FRANCE
83-85, boulevard Vincent-Auriol, 75646 PARIS CEDEX 13
Service Lectrices — Tél. : 01 45 82 47 47

www.harlequin.fr

ISBN 978-2-2804-3627-4 — ISSN 0993-4448

1.

— C'est une propriété privée. Vous ne pouvez pas entrer, mademoiselle.

Le garde posté devant les grilles de Kastély Karolyi parlait à Rozalia sans lui prêter attention. Il la prenait probablement pour une banale touriste, depuis qu'elle avait photographié la façade de la magnifique demeure des Rohan.

Flanquée de chaque côté de grands chênes à l'abondante frondaison, la majestueuse bâtisse aux murs recouverts de vigne vierge se dressait au bout d'une allée dont les pavés formaient des motifs géométriques. Un large escalier de pierre menait à l'entrée couverte. De hautes fenêtres étaient réparties régulièrement au rez-de-chaussée, celles de l'étage étant agrémentées pour certaines de balcons en fer forgé finement ouvragé. Quant au pignon à volutes, il complétait à merveille l'image paraissant sortie d'un livre de contes.

— J'ai rendez-vous avec Mara Rohan, dit-elle en hongrois.
— Votre nom ?
— Rozalia Toth. Mme Rohan attendait ma cousine, Gisella Drummond. Je suis venue à sa place.

Après avoir d'abord songé à envoyer un mail pour prévenir Mara Rohan de ce changement de dernière minute, Rozalia avait pensé qu'elle aurait plus de chances d'être reçue si elle se présentait en personne.

Elle contempla de nouveau la maison, tandis que le garde sortait son portable. Si seulement Gisella avait pu être là aussi… Cela faisait si longtemps qu'elles rêvaient de partir à la découverte du pays de leurs aïeuls.

Rozalia avait toujours été curieuse d'en savoir davantage sur l'histoire de leur famille. Mais plutôt que de partir à la conquête des rues de la capitale hongroise, à la recherche de l'endroit où était née leur grand-mère, elle s'était sentie irrésistiblement attirée vers Kastély Karolyi.

S'il n'avait pas été tué au cours de l'insurrection de Budapest, Istvan Karolyi aurait été son grand-père, pas seulement celui de Gisella. Leur grand-mère, Eszti, l'avait rencontré à l'université. Quand elle était tombée enceinte, Istvan lui avait demandé de l'épouser et, en guise de bague de fiançailles, lui avait offert des boucles d'oreilles appartenant à sa famille. Puis il l'avait envoyée en Amérique, comptant l'y rejoindre peu après. Hélas, il était mort avant, et Eszti avait épousé plus tard le grand-père de Rozalia, mais sans jamais oublier son premier amour.

Cette histoire avait toujours terriblement ému Rozalia, aussi désirait-elle en connaître *tous* les détails.

Et puis, Gisella et elle cherchaient depuis des années à retrouver les fameuses boucles d'oreilles, lesquelles avaient été séparées, à l'instar d'Eszti et Istvan. Toutes deux rêvaient de rendre à leur grand-mère le précieux présent de son fiancé d'autrefois.

Apparemment, Mara Rohan avait quitté Budapest, comprit Rozalia, se concentrant de nouveau sur le garde. Celui-ci demandait à son interlocuteur si quelqu'un d'autre devait recevoir la visiteuse à sa place.

Peut-être allait-elle avoir affaire au *sublime* Viktor…

Dès qu'elle avait entrepris ses recherches sur le fils de Mara Rohan, Rozalia avait été profondément troublée par sa beauté ténébreuse. Grand, sombre, il avait les cheveux noirs coupés court, un haut front et des mâchoires au dessin volontaire rasées de près. Le plus fascinant, c'était sa bouche. La lèvre supérieure mince mais au tracé ciselé. Celle du bas pleine, charnue, donnant envie de la mordiller…

Non que Rozalia ait jamais *mordillé* la lèvre inférieure de quiconque, mais c'était néanmoins la pensée qui lui avait traversé l'esprit.

Quant à la photo prise sur la plage, le représentant vêtu en tout et pour tout d'un minislip de bain noir, elle avait fait naître en Rozalia quantité de fantasmes plus évocateurs et plus perturbants les uns que les autres. Elle avait dévoré des yeux le torse musclé, les abdominaux parfaits, le ventre plat... Cependant, une expression de profond dégoût empreignait les traits virils, traduisant sa répulsion envers celui ou celle qui prenait la photo.

— Votre rendez-vous est annulé, lui dit le garde en anglais.

Refoulant sa déception, Rozalia lui adressa son sourire le plus aimable.

— Serait-il possible d'en programmer un autre ?

— Non, répondit l'homme d'un ton catégorique.

Et sans même prendre la peine de se renseigner.

— Je peux laisser un mot ?

Il tiqua, mais la laissa sortir son carnet et un stylo. Rozalia écrivit à la hâte qu'elle était désolée de n'avoir pu s'entretenir avec un membre de la famille, précisa qu'elle resterait à Budapest quelques jours, puis indiqua le nom de son hôtel, son numéro de portable et son adresse mail.

Après avoir déchiré la page du carnet, elle tendit celle-ci au garde sans se faire d'illusions. Son petit mot finirait sans doute à la poubelle... Elle remercia toutefois l'homme peu amène et reprit le chemin de l'hôtel, bien résolue à ne pas s'avouer vaincue.

Viktor Rohan quittait les bureaux de Rika Corp pour se diriger vers sa voiture, lorsqu'il aperçut une jeune femme en train de bavarder avec son chauffeur.

La brise légère plaquait le T-shirt sur le buste menu de l'inconnue et soulevait ses cheveux bruns, dévoilant un teint de porcelaine et des traits fins dépourvus de tout maquillage. Elle n'en avait pas besoin. Il suffirait d'un peu de soleil pour donner un éclat doré à cette belle peau claire.

Viktor ne voyait aucun inconvénient à ce que son chauffeur ait une vie privée, mais le fait que, de toute évidence, Joszef trouve cette jeune femme ravissante à son goût, lui déplut profondément.

Elle était pour lui.

Pourtant, cela faisait bien longtemps que séduire des inconnues, en vue d'aventures sans lendemain, ne l'intéressait plus. Passé l'adolescence, il avait préféré les liaisons avec des femmes fréquentant les mêmes milieux que lui et connaissant les règles du jeu : ni engagement ni obligations ; du plaisir et rien que du plaisir. Hélas, à l'approche de la trentaine, Viktor voyait sa liberté de plus en plus menacée, y compris par des partenaires qu'il avait crues jusque-là inoffensives. Sans parler du véritable harcèlement qu'il subissait de la part de sa mère, impatiente de le voir se marier et produire un héritier.

Peut-être était-ce à cause de cette pression constante qu'il se sentait attirée par cette adorable touriste. Peut-être cédait-il au refus instinctif de se soumettre à la volonté maternelle.

— Joszef.

Son chauffeur se redressa aussitôt et s'empressa d'aller ouvrir la portière arrière. La jeune femme se tourna vers Viktor et se figea, l'air suffoqué. Puis un lent sourire se dessina sur sa bouche pulpeuse avant d'éclairer tout son visage, offrant une vision angélique des plus enchanteresses.

— Ravie de vous rencontrer, monsieur Rohan, dit-elle en se dirigeant vers lui la main tendue. J'allais entrer et demander s'il était possible de vous voir quelques instants.

Elle parlait parfaitement le hongrois, sans accent, mais Viktor aurait été prêt à parier qu'elle était américaine. Il prit la main fine qui tressaillit dans la sienne.

— Je suis Rozalia Toth, poursuivit-elle de sa voix mélodieuse. Auriez-vous un peu de temps à m'accorder ?

Lorsqu'il lui lâcha brutalement la main, Rozalia le dévisagea en silence, interloquée. Elle n'avait pas rêvé, un courant brûlant était passé entre eux tandis que leurs regards restaient soudés l'un à l'autre. Mais à présent, les yeux dardés sur les siens avaient pris un éclat métallique, dur.

— Certainement pas, répondit Viktor Rohan avec hauteur. Comment osez-vous me poursuivre de cette façon ?

En chair et en os, il était encore plus somptueux, et plus intimidant que sur les photos. Une énergie formidable émanait de lui, une aura de virilité et de puissance redoutable doublée d'une autorité si implacable, que Rozalia dut faire un effort pour ne pas se laisser intimider.

— J'avais rendez-vous avec votre mère. Elle avait promis de me montrer une boucle d'oreille qui a appartenu autrefois à ma grand-mère, mais elle a annulé notre rencontre à la dernière minute.

— Ce n'est pas vous qui aviez pris ce rendez-vous et je lui ai déconseillé de vous recevoir, étant donné que vous n'avez même pas daigné présenter vos excuses.

Sur ces mots, il se détourna et s'avança vers la portière ouverte de la luxueuse voiture noire.

— Vous avez raison. Je suis désolée. J'aurais dû la prévenir que je venais à la place de Gisella.

Il se retourna vers elle pour lui décocher un regard noir.

— Je parlais d'excuses au nom de votre grand-mère, qui nous a dérobé un bien précieux.

— Pardon ? Ma grand-mère n'a pas *dérobé* ces boucles d'oreilles ! protesta Rozalia, interdite.

— Vraiment ? fit-il en plissant les yeux.

Puis il s'installa sur la banquette en cuir gris anthracite.

— Hé ! Attendez ! Vous vous trompez !

Rozalia se glissa entre la portière et l'habitacle, empêchant ainsi le chauffeur de la refermer.

— Votre grand-oncle les lui a données quand il lui a demandé de l'épouser, reprit-elle en se penchant vers Viktor.

— Comment aurait-il pu ? Il était déjà mort quand elles ont disparu. Joszef ?

Le chauffeur, qui l'avait draguée quelques instants plus tôt, lui posa fermement la main sur le bras. Elle le foudroya du regard, comme elle avait appris à le faire avec les types qui la serraient d'un peu trop près dans le métro. Puis, profitant de la stupeur de l'homme, elle s'engouffra dans le véhicule et entreprit d'enjamber Viktor comme elle put.

Celui-ci la saisit alors par la taille, l'immobilisant devant lui, pratiquement sur ses genoux. Inutile de chercher à se libérer. De toute façon, Rozalia se sentait pétrifiée. L'espace d'un instant, ils restèrent face à face, les yeux dans les yeux, quelques centimètres à peine séparant leurs bouches.

Le regard gris prit une nuance ombrageuse, menaçante. Et mon Dieu, ces lèvres sensuelles...

Rozalia avait posé la main sur la banquette en cuir, juste à côté de la cuisse musclée, mais elle brûlait de lever le bras et de la refermer sur l'épaule de Viktor, de la laisser glisser sur son cou pour savourer la chaleur de sa peau. Des effluves boisés et épicés émanaient de cet homme superbe, mêlés d'une senteur plus personnelle, plus mâle.

Un vertige la gagna. Elle s'interdit de fermer les yeux.

— Monsieur ? demanda Joszef, immobile derrière la portière toujours ouverte.

D'un mouvement leste, Viktor souleva Rozalia et l'assit brutalement à côté de lui.

— Fermez la portière.

Lorsque celle-ci claqua, il allongea le bras sur le dossier et tourna la tête vers Rozalia.

Elle se retrouvait prise à son propre piège. Seule avec un redoutable prédateur.

— Je peux vous offrir un verre ? lança-t-elle après avoir dégluti avec peine. J'aimerais discuter de tout cela avec vous. J'ai toujours cru qu'Istvan était mort *après* avoir offert les boucles d'oreilles à ma grand-mère.

— Eh bien, vous étiez dans l'erreur, répliqua-t-il d'un

ton péremptoire. Elle s'est présentée à Kastély Karolyi après la mort d'Istvan, a dérobé les boucles d'oreilles ayant appartenu à mon arrière-grand-mère, en a vendu une pour s'enfuir en Amérique, puis la seconde à son arrivée là-bas.

— Ma grand-mère est quelqu'un de bien, protesta Rozalia d'une voix ferme. Et de foncièrement honnête. Elle ne volerait jamais ni ne mentirait – surtout à sa propre famille. Je ne sais pas comment la vérité a pu être déformée ainsi. Quoi qu'il en soit, j'aimerais bien savoir quand et de quelle façon vous avez récupéré l'une de ces boucles d'oreilles…

— Ma grand-mère Dorika était férue d'art. Elle est tombée sur ce bijou par hasard et a tout de suite compris sa valeur, même s'il manquait sa moitié.

— Elle n'a pas reconnu la boucle d'oreille ayant appartenu à sa mère ? s'étonna Rozalia, sceptique.

— Il s'agit de ma grand-mère paternelle. C'est ma mère qui descend des Karolyi. Mais, oui, Dorika a tout de suite reconnu la boucle de Cili Karolyi et l'a mise de côté.

— Par intérêt personnel ?

— En prévision du mariage de son fils avec celle qui devait devenir ma mère, acquiesça-t-il. Elle savait que Mara Karolyi voudrait la récupérer puisque celle-ci aurait dû en hériter de sa propre mère.

— Dorika Rohan a *planifié* le mariage de vos parents ? s'exclama Rozalia, stupéfaite.

— Un tel niveau de réussite ne tombe pas du ciel, répliqua Viktor, pince-sans-rire. Il résulte d'une succession d'alliances stratégiques.

Il s'interrompit un bref instant avant de demander d'une voix dure :

— Qu'espériez-vous obtenir en venant ici, mademoiselle Toth ? Vous me faites perdre mon temps.

Elle rassembla tout son courage.

— J'aimerais vous faire une offre pour la boucle d'oreille.

— Non, décréta-t-il d'un ton sans appel.

— Laissez-moi au moins la voir !

— Non.
— Pourquoi pas ? Même si ma grand-mère l'avait volée… ce qui n'est *pas* le cas, à quoi bon me punir moi, alors que je n'y suis pour rien ?
— Pourquoi désirez-vous la voir ?
— Pour la prendre en photo. Faire quelques croquis, si vous voulez bien.
— À quoi bon ? fit-il, l'air surpris.
— Je suis joaillière et gemmologue.
En effet, elle avait fait son apprentissage auprès de l'oncle Ben, à Barsi on Fifth, la boutique ouverte par son grand-père quelque temps après son arrivée en Amérique.
— Je crée des bijoux chaque jour. J'aimerais étudier cette boucle d'oreille de près, en mesurer les éléments, les évaluer. Si je ne peux pas acquérir l'original, je pourrais en faire une copie pour ma grand-mère, qui est assez âgée.
En outre, Eszti avait eu des problèmes de santé qui avaient alarmé toute la famille l'hiver passé, rendant ainsi la recherche des boucles d'oreilles plus urgente que jamais.
— Si j'y parvenais, elle serait vraiment très heureuse.
— Non seulement le bonheur de votre grand-mère m'indiffère complètement, mais il est hors de question que vous fassiez une *copie* de cette boucle d'oreille ! Ma mère l'a envisagé plusieurs fois, mais elle préférerait de loin posséder la paire d'origine. Je m'occupe actuellement d'acquérir la seconde et je crois pouvoir dire que je suis en bonne voie de mener à bien la transaction.
— Vous croyez ? fit Rozalia d'un ton dubitatif.
— Vous ne l'avez pas en votre possession, que je sache.
— Pas encore, répliqua-t-elle avec un haussement d'épaules. Mais ma cousine est à San Francisco en ce moment même.
Et probablement s'était-elle fait éconduire par l'homme que Gisella considérait comme son pire ennemi, mais ça, Viktor l'ignorait.
— À votre place, je lui conseillerais de renoncer à cette

démarche et de rentrer à New York, déclara Viktor, les yeux étincelant de fureur contenue.

— Dans ma famille, les femmes sont très persuasives, répliqua Rozalia avec un sourire suave.

— Je n'en doute pas.

— Nous sommes également très têtues, enchaîna-t-elle en redressant le menton. Je pourrais l'appeler, mais Gisella est aussi déterminée que moi. Et que vous, probablement, étant donné qu'elle *aussi* descend d'Istvan. Ce qui lui donne droit à ces boucles d'oreilles autant que *vous*.

— Et est-elle aussi téméraire que *vous* ? Assez inconsciente pour s'opposer à un homme aussi puissant que moi ?

Un mélange de peur et d'excitation traversa Rozalia, la faisant frissonner de la tête aux pieds.

— Puisque la boucle d'oreille appartient à votre mère, c'est à elle de décider si elle est disposée à me la vendre ou non. Je suis venue vous trouver uniquement parce qu'elle avait annulé notre rendez-vous. Vous pourriez l'appeler pour lui demander de m'en accorder un autre ? C'est une affaire à régler entre femmes, acheva-t-elle en le défiant du regard.

— Ma mère a dû se rendre d'urgence à Visegrád. Elle y restera au moins une semaine.

— Elle est allée voir Bella ? La sœur d'Istvan ?

Istvan avait eu deux sœurs, Bella et Irenke, la défunte mère de Mara et grand-mère de Viktor. Rozalia envisageait d'ailleurs de rendre visite à Bella, si elle en avait le temps. La grand-tante de Viktor serait peut-être heureuse de savoir que la fille et la petite-fille de son frère vivaient à New York…

— Ne tentez pas de vous immiscer dans notre famille, mademoiselle Toth, sinon je vous rendrai la vie impossible.

Il sortit son smartphone de la poche de sa veste et appuya sur une touche.

— Envoyez un SMS à Kaine Michaels, ordonna-t-il. Écrivez : « Si vous vendez la boucle d'oreille à quelqu'un d'autre que moi, vous le paierez très cher, je vous le garantis. »

Rozalia frémit à la pensée de la complication qu'elle venait de causer à sa cousine.

— Écoutez, je ne suis pas venue avec des intentions hostiles, dit-elle d'un ton conciliant. Est-ce si surprenant que je veuille voir la boucle d'oreille ? Votre mère était disposée à parler avec moi. Pourquoi refuser de prendre un verre avec moi et de répondre à quelques questions ?

— Parce que je n'aime pas les menteuses, mademoiselle Toth.

— Quand vous ai-je menti ? Je ne suis qu'une parente de…

— Vous n'êtes pas parente avec moi, coupa-t-il sèchement.

Mais lorsque leurs regards se croisèrent, un courant brûlant passa de nouveau entre eux. Ses paroles prirent soudain un sens différent, apportant une précision capitale.

Sa grand-mère avait mis au monde la fille d'Istvan Karolyi, la mère de Gisella. Tandis que la mère de Rozalia était le fruit du mariage d'Eszti avec Benedek Barsi. Par conséquent, la fascination de Rozalia pour les Karolyi était causée uniquement par le parfum de romantisme et de mystère entourant l'histoire d'Eszti et Istvan. Aucun lien de parenté ne la reliait aux Karolyi, et encore moins aux Rohan.

Ce qui la laissait libre de fantasmer sur Viktor à sa guise. C'était stupide, mais pas immoral.

Une sensation délicieuse et chaude naquit au plus intime de sa féminité, se propageant bientôt dans tout son être. Une lueur étrange brillait dans les yeux de Viktor.

Soudain, Rozalia se rendit compte qu'elle lui offrait ses lèvres et laissa échapper un petit halètement. Lentement, le regard gris descendit sur son T-shirt en coton, son jean délavé. Elle sentit sa poitrine se serrer, ses seins tressaillir, leurs pointes se dresser sous l'étoffe. La chaleur s'amplifia, presque insoutenable. Avec la même lenteur, le regard pénétrant remonta sur sa gorge, son cou, son visage.

— Où logez-vous ? demanda-t-il d'une voix rauque.

Le cœur battant la chamade, elle le dévisagea un instant en silence, puis reprit ses esprits et lui indiqua le nom de son hôtel.

Une moue dédaigneuse se dessina sur la bouche sensuelle.

— Allons plutôt dîner chez moi. De cette façon, vous aurez tout le loisir d'exercer vos prétendus talents de persuasion.

2.

L'intrépide Mlle Toth se raidit, l'air soudain désarçonné, alors que quelques instants plus tôt elle avait paru prête à *toutes* les audaces. Son parfum délicat lui caressait les narines, mélange d'effluves vanillés et d'herbe fraîchement coupée, auxquels s'ajoutaient des senteurs plus sensuelles, ainsi qu'une fragrance qui n'appartenait qu'à elle.

— Vous me montrerez la boucle d'oreille ? demanda-t-elle en l'observant du coin de l'œil.

— Il faudra d'abord m'expliquer pourquoi je devrais le faire.

Silence, puis petit hochement de tête.

— Je comprends.

Ah ? Vraiment ? Parce que de son côté, Viktor ne comprenait pas du tout ce qui lui arrivait. Non seulement il ne se livrait plus à ce genre d'aventure d'un soir, mais sous ses dehors décontractés et spontanés, cette femme représentait un véritable danger.

Les tentatrices aux faux airs de vierge ne l'avaient jamais attiré, pourtant la façon dont elle se mordillait la lèvre, avec une feinte nervosité, ne faisait qu'attiser le désir qui avait pris possession de lui dès l'instant où il l'avait aperçue.

Au moment où elle avait contemplé sa bouche, en lui offrant la sienne, il avait vraiment failli céder à l'invite... Quand avait-il éprouvé pareille impatience face à une femme ? Pareille exaltation ? Tous ses élans de jeunesse avaient été enterrés autrefois et pour toujours, avec son frère. Quelques instants plus tôt, cependant, face au désir incendiant les yeux fixés sur sa bouche, il avait éprouvé quelque chose d'inhabituel. Une sensation oubliée.

Étrangement, Viktor avait entrevu une voie ouverte sur la liberté, alors que toutes les autres femmes semblaient être devenues de simples appâts destinés à l'attirer dans une cage.

Rozalia Toth devait elle aussi être un piège. Un leurre. Elle venait d'une famille douteuse, se rappela-t-il, retrouvant sa propension au scepticisme. Elle était bien la petite-fille de celle qui avait dérobé les boucles d'oreilles, vu la façon dont elle s'était présentée au rendez-vous à la place de sa cousine. Ces airs de biche effarouchée, cette comédie de l'innocence avait sans aucun doute pour but de lui faire perdre la tête, avant d'obtenir de lui tout ce qu'elle convoitait.

Cette attitude ressemblait étonnamment à celle de la jeune étudiante d'autrefois qui avait profité d'Istvan, son grand-oncle. D'après la légende familiale, elle était venue voir les parents de son prétendu fiancé et avait déclaré qu'elle portait un bâtard Karolyi.

La mère de Viktor, Mara, avait accepté de recevoir Gisella Drummond uniquement pour s'assurer qu'il n'y aurait pas de revendications éhontées – et injustifiées de la part de la famille de celle-ci. Il suffirait d'un test ADN pour débouter les prétentions erronées de Gisella, et Mara avait bien l'intention d'obtenir de sa visiteuse qu'elle se plie à cette formalité indispensable.

Était-ce pour cette raison que Rozalia Toth était venue à la place de sa cousine ? Que désirait-elle *vraiment*, s'interrogea Viktor. Elle ne pouvait pas avoir fait pareil voyage pour se contenter de *regarder* une boucle d'oreille !

Un peu avant d'arriver à Kastély Karolyi, il demanda à Joszef de s'arrêter pour enjoindre au garde de se débarrasser des paparazzis agglutinés devant les grilles.

Lorsque le véhicule s'engagea dans l'allée, Viktor surprit le regard ironique que lui lançait Rozalia.

— Ce sont de simples touristes ! s'exclama-t-elle. La maison est répertoriée dans les guides comme l'un des plus beaux exemples d'architecture classique d'Europe de l'Est. Je l'ai prise moi-même en photo quand je suis venue tout à l'heure, avant d'être refoulée par votre cerbère.

Si seulement il s'était agi de simples touristes ! À cause des fichues tendances de marieuse de sa mère, la presse à scandale le harcelait en permanence !

Impatiente de le voir produire un héritier, Mara Rohan avait en effet sélectionné pour lui la fille d'amis de la famille. Trudi, héritière autrichienne, avait le pedigree adéquat – en vertu des critères déterminés par la mère de Viktor, naturellement – et avait été éduquée dans l'un des pensionnats les plus huppés d'Autriche. Femme du monde accomplie, elle s'était vite fait remarquer au sein des cercles fréquentés par la haute société européenne, pour sa discrétion et son charme. Pas le moindre parfum de scandale dans son sillage. Elle écrivait des articles de mode en free-lance, organisait des galas de charité pour l'entreprise automobile de son père – laquelle était liée à Rika Corp par des intérêts dans l'acier.

Viktor avait dû dîner avec elle à deux reprises. À chaque fois, la soirée s'était passée de manière courtoise et agréable, et achevée sur un baiser décevant.

Mais cela n'avait pas empêché sa mère d'encourager les rumeurs concernant l'annonce prochaine de fiançailles, histoire de le manipuler à sa guise. De son côté, Trudi avait sous-loué un appartement à Budapest, le temps d'« aider » une amie styliste à lancer sa toute dernière collection. Aide qui consistait principalement à se montrer dans des clubs réservés à l'élite et autres boîtes à la mode, histoire d'habituer les paparazzis à son nom et à sa physionomie, avant la grande nouvelle qui ferait la une de la presse et le buzz sur les réseaux sociaux.

Si bien que, à l'affût du scoop de l'année, les journaleux de tous bords épiaient Viktor jour et nuit. La sensation d'être pris au piège en était décuplée chez lui, et son besoin de liberté, tout autant.

— Waouh ! s'exclama Rozalia en s'avançant devant lui dans le vaste hall d'entrée. On se croirait dans un musée.

D'ordinaire, Viktor faisait peu de cas de la somptuosité des lieux, mais subitement il remarquait les planchers aux incrustations de marbre, œuvre d'un maître italien du XIXe siècle. Les finitions raffinées des meubles en acajou, les impressionnants cadres dorés des miroirs ornant les murs. Les trois lustres suspendus au plafond décoré de superbes fresques et autour duquel couraient des moulures aux motifs sophistiqués.

— Le but était manifestement d'éblouir les visiteurs, murmura-t-elle en contemplant l'imposant escalier. J'imagine les femmes en toilette de bal, les perruques poudrées... Ma cousine est régulièrement invitée aux diverses manifestations mondaines organisées par le Met, mais pour ma part je me contente d'événements bien plus ordinaires, comme des mariages. Vous songez parfois à ce qu'ont dû être les soirées, ici ?

Elle s'interrompit en riant.

— Vous n'avez pas besoin de les imaginer, puisque vous les vivez ! Vous en organisez souvent ?

— De temps en temps, répondit Viktor d'un ton détaché.

Lorsqu'elle éclata franchement de rire, le son coula en lui comme une source rafraîchissante. Jamais il n'avait entendu un rire aussi pur, aussi cristallin. À quand remontait la fois où quelqu'un avait ri dans ce hall ? À son enfance. Le rire clair et mélodieux sembla résonner jusqu'au plafond. L'espace d'un instant, Viktor crut même entendre les lustres en cristal tintinnabuler en écho.

Sans l'arrivée d'Endre, le majordome, Viktor se serait lui aussi mis à rire de bon cœur, comme autrefois.

Après avoir salué Rozalia, Endre lui proposa de la débarrasser du grand sac en toile qu'elle portait à l'épaule.

— Pour l'emmener où ? demanda-t-elle en haussant les sourcils.

L'instant d'après, elle souriait au majordome.

— Merci, je le garde avec moi.

Dès qu'ils entrèrent dans le petit salon, elle laissa choir l'horrible sac informe sur le sofa, sous le regard interdit d'Endre. Le pauvre, il ressemblait à un chien à qui on aurait marché sur la queue…

Lorsqu'il demanda à Rozalia ce qu'elle désirait boire, elle répondit qu'elle prendrait de la *pálinka*, eau-de-vie traditionnelle hongroise.

— Ce n'est pas parce que vous êtes à Budapest que vous…, commença Viktor.

— Nous en buvons lors des dîners en famille, l'interrompit-elle en souriant.

Elle embrassa la pièce du regard et soupira.

— J'ai du mal à réaliser que vous vivez dans cette maison. J'aimerais tellement que Gisella soit là…

En réalité, Rozalia avait l'impression d'être une intruse. L'éternelle cousine pauvre vivant à l'ombre de Gisella sur laquelle convergeaient tous les regards.

Elle *adorait* Gisella. De bien des façons, elle se sentait même plus proche d'elle que de sa propre sœur. Toutes deux avaient le même âge et partageaient la même passion pour la métallurgie et la gemmologie. Ainsi que la même détermination à retrouver les boucles d'oreilles de leur grand-mère.

Fille unique, Gisella avait été terriblement gâtée enfant. En outre, elle possédait une beauté et un charme glamour doublés d'une intelligence et d'une culture immenses. Dans cette demeure extraordinaire, elle ne s'extasierait pas sans cesse. Elle n'éclaterait pas de rire bêtement comme une gamine. Elle se sentirait chez elle – à juste titre.

Tandis qu'elle, Rozalia, n'y avait pas sa place.

Détournant les yeux des larges fenêtres donnant sur les jardins, elle se rendit compte que Viktor l'observait avec attention, tel un chat prenant tout son temps avant de bondir sur la souris convoitée.

Elle avait beau se concentrer, elle ne voyait aucune ressemblance entre lui et Gisella, hormis leur haute taille. En outre, il affichait une froideur totalement étrangère à celle-ci. Froideur que sa cousine aurait su vaincre, *elle*. D'autant que Viktor ne serait pas resté longtemps insensible à son charme.

Les hommes n'étaient pas attirés par Rozalia. La plupart de ceux qui avaient feint de s'intéresser à elle ne faisaient que se *servir* d'elle pour approcher sa cousine. Rozalia ne lui en tenait pas vraiment rigueur, consciente que ce n'était pas la faute de Gizi si elle avait une silhouette de rêve qui faisait fantasmer tous les hommes qu'elle rencontrait, éclipsant à chaque fois sa personnalité plus effacée – et son physique affreusement banal.

D'où sa stupeur lorsque Viktor l'avait invitée à dîner. Dans la voiture, Rozalia était certaine d'avoir été la seule à ressentir un trouble puissant. Or il avait réussi à donner une tonalité vaguement sexuelle à sa proposition.

Pas question pour autant de se faire la moindre illusion : s'il éprouvait ne serait-ce qu'un minimum d'attirance pour elle, c'était uniquement parce qu'elle était là, à sa portée et disponible. Viktor Rohan avait une réputation de play-boy, et de son côté Rozalia avait suffisamment d'expérience pour reconnaître les hommes à femmes. Pour ne pas dire les coureurs.

Ce qui était nouveau pour elle, c'était d'éprouver une telle fascination pour l'un d'entre eux.

Elle se concentra sur les tableaux anciens, cela lui éviterait peut-être de se conduire comme une idiote. Son regard fut attiré par une peinture figurant un groupe de jeunes femmes nues batifolant dans un jardin clos, vues de dos. Les autres tableaux consistaient en natures mortes, marines et scènes champêtres.

— Vous avez dit tout à l'heure que votre grand-mère était passionnée d'art. Je ne connais pas ces œuvres, mais il s'agit de tableaux de maîtres, j'imagine ?

Il hocha la tête.

— Et les meubles, s'agit-il de copies ou d'originaux ?

— Les deux. Ceux que nous utilisons le plus souvent sont des copies.

Elle se dirigea vers le secrétaire en bois de rose, un authentique Louis XV.

— Je raffole des tiroirs minuscules et des compartiments secrets, avoua-t-elle. J'imagine toutes sortes de choses, que l'un d'entre eux contient la clé d'un passage secret, par exemple.

— Il en existait un, en effet. Mais nous avons dû le murer pour empêcher les fantômes de hanter la maison.

Rozalia se retourna vers lui, surprise.

Était-il possible que Viktor ait le sens de l'humour ?

— Merci, je suis rassurée, dit-elle, pince-sans-rire.

Les lèvres sensuelles tressaillirent, mais le retour du majordome portant un plateau mit un terme à cet intermède *presque* détendu.

— Asseyez-vous, proposa Viktor après son départ.

Lorsqu'elle fut installée sur l'un des sofas recouverts de soie damassée, il s'assit en face d'elle, puis leva son verre.

— *Egészségére !*

— *Egészségére*, dit Rozalia en l'imitant. Serait-ce abuser que de vous demander de me faire visiter la maison ? lança-t-elle avant de boire une gorgée d'eau-de-vie.

— Pour repérer les lieux ?

— Bien sûr que non ! protesta-t-elle, indignée. Parce qu'elle m'intéresse, en tant qu'artiste.

— Ah…, fit-il, l'air sceptique.

— Je travaille à plein temps pour mon oncle et crée des bijoux qui sont vendus dans la boutique ouverte par mon grand-père. Vous n'avez jamais entendu parler de Barsi on Fifth ? À New York, la maison est très réputée.

— Je sais qui est votre oncle, dit Viktor avec un haussement d'épaule nonchalant.

— Alors, vous savez également que je n'ai pas été embauchée par népotisme. Il s'est toujours montré très exigeant avec Gisella et moi, et nous a toujours encouragées à poursuivre nos études afin de nous spécialiser. Mais tous les arts sont une source d'inspiration pour mon travail. Et je m'en voudrais terriblement de ne pas profiter de cette opportunité d'étudier les maîtres qui m'ont précédée, même si leurs disciplines sont différentes de la mienne.

Nouveau petit hochement de tête, un peu réticent. Puis il se leva et l'invita à le suivre dans le hall d'entrée duquel partaient plusieurs couloirs. Il l'emmena d'abord dans un salon de musique où les tuyaux en bois et cuivre d'un orgue montaient jusqu'au haut plafond. Au fond de la pièce, une double porte ouvrait sur une salle de bal, qui aurait été parfaitement à sa place dans *La Belle et la Bête*.

— En réponse à votre question de tout à l'heure, commença Viktor d'un ton neutre, nous hébergeons des galas de charité et, de temps en temps, le tournage de films d'époque.

— J'adore ! s'exclama Rozalia en s'avançant sur le parquet ciré.

Arrivée au centre, elle tourna sur elle-même, admirant les murs blancs sur lesquels ressortaient de grands miroirs aux cadres de bronze, les rideaux de velours bleu, les lustres en cristal majestueux.

— Ça doit être fabuleux, d'habiter ici…

— Cela revient surtout très cher. Je me contenterais volontiers d'un endroit plus modeste.

Par « endroit modeste », il entendait probablement un appartement tout différent de celui, minuscule, qu'elle occupait à New York. Sans compter qu'il possédait d'autres résidences un peu partout dans le monde.

— J'avoue que je suis très romantique, répliqua-t-elle en le suivant dans un nouveau couloir.

Quelques instants après, il la faisait entrer dans une salle à manger gigantesque où il faisait plutôt frais. La pièce, presque entièrement vide, ne contenait qu'une table ronde entourée de huit chaises.

— Il y a un compartiment sous le plancher, où sont entreposées une table pour quarante convives et des chaises. À certaines périodes, il a servi de cachette.

— Vous y jouiez à cache-cache, enfant ?

Rozalia se serait giflée. Viktor avait eu un seul frère, un peu plus âgé que lui, qui était mort dans un accident de voiture.

— Vous vouliez dire en temps de guerre ? reprit-elle à la hâte.

— Aussi, répondit-il d'un ton neutre. Il a par ailleurs servi de refuge à quelques couples d'amants.

— J'adore les histoires de squelettes dans le placard…

— Je n'en ai jamais découvert aucun. Ils semblent passer beaucoup de temps à l'extérieur.

Ainsi, Viktor avait *réellement* le sens de l'humour, songea Rozalia, soulagée de le voir se détendre. On ne pouvait pas dire qu'il se montrait aimable, mais c'était déjà ça.

— Ce doit être une conséquence des mariages arrangés. Les amants, je veux dire.

— Ou plutôt un trait inhérent à la nature humaine, répliqua-t-il tranquillement.

Ils n'étaient pas proches l'un de l'autre, mais soudain elle *sentit* la chaleur de son corps viril, tandis que Viktor la contemplait les yeux mi-clos.

Prendrait-il une maîtresse, s'il devait se marier par convenance ?

Et comment réagirait-il si elle lui disait qu'à vingt-quatre ans, elle était encore vierge ? Adolescente, elle avait fait un pacte avec Gisella : elles attendraient de connaître le grand amour pour vivre leur sexualité.

— Vous êtes le fruit d'un mariage d'amour, je suppose ? demanda Viktor en l'emmenant dans la pièce voisine.

Il s'agissait d'un petit salon, où il faisait nettement plus chaud, et dont il se dégageait une atmosphère beaucoup plus accueillante, notamment grâce aux fleurs arrangées avec goût dans de hauts vases en verre irisé placés çà et là.

— Mes parents sont follement épris l'un de l'autre, acquiesça Rozalia en s'avançant vers l'une des hautes fenêtres. Mais je reconnais que cela n'a pas que des bons côtés. En fait, mes parents sont un peu fous !

— Un peu fous ?

Viktor vint s'arrêter à côté d'elle devant la fenêtre qui donnait sur l'arrière de la propriété.

— Comme ce pavillon – qui, en architecture, porte d'ailleurs le nom de *folie* ? ajouta-t-il.

— Qu'est-ce que c'est ?

— La serre. Ma mère tient absolument à la conserver en l'état, même si nous dépensons des fortunes pour la chauffer.

— Je peux la visiter ?

Sans dire un mot, il sortit du petit salon et traversa un vestibule où étaient suspendues des vestes de travail couleur kaki, au-dessus d'un banc de bois sous lequel étaient alignées plusieurs paires de bottes en caoutchouc. Ensuite, il ouvrit la porte de ce qui était sans doute l'entrée de service à laquelle on accédait de l'extérieur par un escalier.

Rozalia descendit les marches derrière Viktor et se retrouva bientôt dans une véranda bordée d'une haie.

Toujours en silence, il s'avança vers le pavillon de style rococo, tandis qu'elle refermait nerveusement les bras autour de son buste. Pas à cause de la fraîcheur de la soirée, mais pour dissimuler les pointes de ses seins se dressant sous le fin T-shirt.

Jamais elle n'avait réagi ainsi à la proximité d'un homme. Eszti avait-elle autrefois ressenti le même trouble à proximité d'Istvan ? Cette attirance inexorable, ce désir absurde et incontrôlable affectant tous les sens ?

À l'intérieur de la serre, il faisait humide et une odeur de terre empreignait l'atmosphère, combinée aux puissants arômes montant des plantes tropicales et à des parfums d'agrumes.

— J'aime ce mélange d'odeurs, dit-elle en se tournant vers Viktor.

Il la dévisagea un instant en silence, puis il inhala profondément.

— Je n'étais pas venu ici depuis des années.

— Si je vivais à Kastély Karolyi, j'y viendrais tous les jours.

Rozalia leva les yeux vers le plafond de verre transparent en partie obscurci par les feuilles des plantes exotiques.

— Oh ! des papillons ! C'est magique !

— Il y a même eu des oiseaux, un jour.

Il désigna des châssis vitrés.

— Les tomates se trouvaient là. Et les baies à côté. Mon frère et moi avons laissé les portes ouvertes. Les oiseaux se sont précipités sur les baies et le chat sur les oiseaux. Après cet épisode, nous n'avons plus eu le droit de mettre les pieds dans la serre.

Elle sourit, émue de l'entendre lui confier un souvenir aussi personnel. Mais Viktor avait déjà repris son air distant et fermé, comme s'il regrettait d'avoir partagé avec elle cette réminiscence de l'enfance.

— Ma mère faisait des conserves tous les étés, dit-elle. Même si cela revient moins cher d'acheter des pêches au sirop au supermarché.

— Elle ne travaillait pas ?

— Elle avait quatre enfants à élever. Et c'est du travail, croyez-moi.

S'approchant de la sauge, elle en frotta une feuille entre ses doigts et pencha la tête pour en respirer le parfum.

— En fait, elle avait toujours rêvé d'être femme au foyer. Fille d'émigrants, elle avait grandi dans l'arrière-boutique, élevée en grande partie par sa demi-sœur – Alisz, la fille d'Istvan.

Elle s'interrompit, s'attendant à une riposte cynique de la part de Viktor, mais il se contenta de hausser un sourcil.

— Ma mère voulait nous donner ce dont elle avait l'impression d'avoir été privée. Elle s'est même occupée de Gisella en plus de ses propres enfants. Alisz a eu beau insister pour la rémunérer, ma mère a toujours refusé d'être payée. Elle trouvait normal de s'occuper de sa nièce. Et peut-être voyait-elle là un moyen de remercier sa demi-sœur d'avoir pris soin d'elle. Mais ma tante n'a jamais eu *besoin* de travailler. Son ex-mari était plutôt à l'aise. Elle a quand même voulu poursuivre sa carrière universitaire, et ma mère l'a soutenue en s'occupant de sa fille, Gisella.

— Que fait votre père ? demanda Viktor.

— Il dirige une association à but non lucratif qui se charge de trouver des logements aux sans-abri.

— Les idéaux c'est bien, mais cela ne nourrit pas son homme.

— Je suis bien d'accord avec vous ! Pourtant, nous avons quand même un peu le sens des réalités. Mon frère aîné est vulcanologue. Il voyage beaucoup, mais il réussit à se faire embaucher régulièrement. Mon petit frère fait de la natation. Il vit encore à la maison et s'entraîne pour les jeux Olympiques. C'est un job à plein temps, je vous assure. La petite dernière de la famille, Bea, a posé sa candidature pour intégrer la Julliard School, dans la section danse. Non seulement c'est sa passion, mais elle est très douée. Alors, nous l'encourageons à vivre son rêve.

Viktor la dévisagea de nouveau en silence, une lueur indéchiffrable au fond de ses yeux gris.

— Et vous, vous avez choisi de garder un équilibre entre l'art et une activité rentable.

Une douce chaleur envahit Rozalia. Il ne s'agissait pas d'un compliment, mais si peu de gens faisaient attention à elle, la voyaient. Dans sa famille, elle avait toujours été celle du milieu, la médiatrice qui s'effaçait dès qu'il le fallait.

— C'est plutôt ma vocation qui m'a choisie. En partie parce que j'ai grandi à proximité de l'entreprise familiale. Ma mère nous laissait souvent à la boutique pendant qu'elle allait faire les courses. Et j'adorais ces moments passés avec l'oncle Ben. Alors ça c'est décidé tout seul, en quelque sorte. Si, au lieu de me soutenir, mes parents m'avaient orientée vers des études de commerce, j'aurais été très malheureuse.

— J'ai fait des études de commerce et de gestion.

— Et vous aimez votre travail ?

— J'aime mon niveau de vie, répondit-il, pince-sans-rire. Je n'ai pas besoin de peindre ou de sculpter pour m'épanouir. Il me suffit de savoir que mes décisions, et les risques que j'ai pris, ont payé.

— Prendre des risques, ce n'est pas mon fort.

— J'aurais pensé le contraire…, fit-il en plissant les yeux.

Il avait raison. En venant chez lui, elle avait pris un risque. Lequel, exactement ? Rozalia n'aurait su le dire précisément, mais, seule avec Viktor, elle se sentait… en péril.

Ne serait-ce qu'à cause de l'alchimie qui continuait de palpiter entre eux. Là, maintenant. Pour une fois, Rozalia avait l'impression d'être elle-même. D'être une femme qu'un homme somptueux et mystérieux trouvait un tant soit peu intéressante. Et de son côté, elle désirait ardemment apprendre à le connaître.

Cependant, Viktor appartenait à un univers totalement étranger au sien. Et puis, elle ne ressemblait en rien aux créatures sophistiquées avec lesquelles il passait sans doute la plupart de ses soirées, voire de ses nuits.

Soudain, il cueillit une fleur d'hibiscus rose tendre et la lui glissa derrière l'oreille. Alors, Rozalia sut qu'elle allait prendre le risque de vivre ces instants à fond, quoi qu'il lui en coûte. Parce que sinon, elle le regretterait toute sa vie.

Quand il lui glissa la fleur derrière l'oreille et qu'elle baissa timidement les yeux, Viktor se permit de caresser une mèche bouclée et soyeuse.

Puis il laissa retomber sa main, se rappelant que la perfidie pouvait se dissimuler sous les airs innocents. Rozalia l'avait déjà amené à se trahir en faisant allusion à son frère. Kristof. Il s'était laissé aller à évoquer un souvenir douloureux qu'il préférait garder enfoui au plus profond de sa mémoire.

Cette femme était décidément plus dangereuse qu'elle ne le paraissait. Les beaux cheveux bruns chatoyaient de reflets couleur de miel. Dans les yeux noisette, des éclats de bronze et d'or pétillaient.

Rozalia Toth possédait à n'en pas douter une sensibilité artistique. Elle s'était arrêtée devant des objets dont la valeur ne se devinait pas au premier coup d'œil, mais qui comptaient parmi les biens les plus précieux de la famille. Elle était vive, curieuse et réceptive, elle aimait toucher, sentir. Savourer les sensations.

Elle était… fascinante. À travers le regard qu'elle portait sur son univers – auquel lui-même ne prêtait plus attention –, Viktor redécouvrait celui-ci.

Le désir de l'embrasser le consumait. Il brûlait de voir sa réaction. C'était plus fort que lui.

Doucement, il lui souleva le menton, la forçant à le regarder. Un petit bout de langue rose passa sur les lèvres pulpeuses. Un frisson le traversa de part en part. Il pencha la tête, lentement, lui qui, d'ordinaire, était plutôt prompt à l'action. Mais il s'agissait d'un cas particulier. Unique. Il ne reverrait jamais Rozalia par la suite. Il ne l'embrasserait plus jamais *pour la première fois*. Aussi préférait-il prolonger ces instants délicieux.

Il effleura ses lèvres avec les siennes jusqu'à ce qu'un petit halètement franchisse la belle bouche offerte. Les yeux noisette s'écarquillèrent, les pupilles se dilatèrent. Tout en lui protestait, réclamait, mais Viktor réussit à attendre encore un peu. Jusqu'à ce que le désir de l'embrasser ait raison de lui.

Sa bouche se referma d'elle-même sur celle de Rozalia. Il sentit le tremblement qui parcourut les lèvres douces, chaudes, et ne put réprimer la plainte qui monta de sa gorge. D'une main légèrement tremblante, il caressa le contour des lèvres sensuelles, avant de les mordiller délicatement l'une après l'autre.

Puis il la goûta. Avec délice. Tandis qu'elle gémissait, attisant l'ardeur qui avait pris possession de lui. Confusément, il sentit les mains fines se poser sur sa poitrine, les ongles s'enfoncer dans sa chair.

Elle en voulait davantage. Et il était plus que disposé à la satisfaire.

Lui passant un bras autour de la taille, il l'attira contre lui et savoura la sensation des seins s'écrasant contre son torse. Plus elle s'abandonnait, fondait, plus il sentait se réveiller ses instincts les plus primaires.

Viktor enfouit les doigts dans les cheveux bouclés et dévora la bouche au goût de nectar. Il fit l'amour à Rozalia avec ses lèvres, sa langue, tout en la pressant farouchement contre lui. Son érection le lancinait, presque douloureuse.

Quand elle lui referma les mains sur la nuque pour l'encourager, il suça voluptueusement la langue mutine taquinant maladroitement la sienne. C'était divin. Torride. Il oublia tout, excepté cette femme singulière. Elle *était* à lui. Il brûlait de l'étendre là, à même le sol, pour la faire sienne. Mais il désirait aussi rester ainsi, debout, à se repaître du baiser le plus passionné, le plus délectable qu'il eût jamais partagé avec une autre. La femme qu'il tenait dans ses bras était la plus sensuelle de toutes celles rencontrées jusque-là.

Lorsqu'il voulut lui soulever la jambe pour l'arrimer sur sa hanche, Rozalia faillit perdre l'équilibre. Elle n'aurait pas pu tomber car il la maintenait fermement contre lui, mais cela suffit à les faire émerger de la spirale brûlante qui les avait emportés tous deux.

Elle le regarda, l'air incrédule et émerveillé à la fois. Le souffle court, le cœur lui martelant les côtes, Viktor la dévisagea en silence.

— Je…, murmura-t-elle en se dégageant avec précaution.

Puis elle recula et lui fit face, à distance respectueuse.

— Je n'étais pas venue pour… pour ça…, poursuivit-elle, la voix tremblant encore de désir.

Non, pour la boucle d'oreille, évidemment.

Un goût amer lui monta aux lèvres. Même les femmes capables de prodiguer les baisers les plus doux, les plus passionnés, pouvaient nourrir de sordides arrière-pensées.

3.

Le dîner fut servi sur la véranda, avec le jardin et la serre en toile de fond. Les flammes des bougies projetaient des reflets rosés sur la nappe blanche. Des grenouilles croassaient dans le bassin où flottaient des nénuphars, comme pour accompagner la musique douce diffusée par des haut-parleurs invisibles.

On se serait cru à la campagne. Et ça aurait pu être un vrai conte de fées si un regain de tension n'avait séparé à nouveau Rozalia de son hôte.

Elle avait désiré qu'il l'embrasse, mais sans s'attendre à un tel chamboulement de tous ses sens. Au véritable incendie qui l'avait consumée tout entière. À l'ivresse qui avait pris possession d'elle, corps et âme.

Depuis cet embrasement total, ils s'étaient à peine adressé la parole, mais elle sentait encore l'empreinte de la grande main chaude sur ses reins. Les mets avaient beau être exquis, ils n'effaçaient pas le goût épicé et mâle de Viktor. Le goût de la bouche experte qui avait littéralement pris possession de la sienne.

Ce n'était pourtant pas son premier baiser. Rozalia avait eu quelques petits amis, mais jamais elle n'avait ressenti de telles sensations. Avec Viktor, elle avait cédé à un abandon inconnu, un désir incontrôlable de se fondre dans lui. Lorsqu'il lui avait passé le bras autour de la taille pour la serrer contre son corps viril, Rozalia avait eu l'impression de découvrir une autre dimension, un univers totalement étranger à celui où elle avait évolué jusque-là.

Elle s'était crue adulte, indépendante. Mais soudain elle se rendait compte qu'elle se tenait à un moment charnière de son existence, entre sa vie de jeune fille et celle de la femme qu'elle allait devenir. D'instinct, Rozalia pressentait que faire l'amour avec Viktor représenterait pour elle bien davantage qu'un simple rapport sexuel.

Elle n'aurait su comment l'expliquer, mais Viktor était différent de ceux qu'elle avait connus avant lui. Les baisers échangés avec eux n'avaient été que de fades avant-goûts de celui qu'elle venait de partager avec cet homme superbe.

Au fond d'elle-même, elle avait toujours su que l'attirance relevait de la magie. Qu'il s'agissait de magnétisme, d'une force à laquelle on ne pouvait résister. Or Viktor l'attirait si puissamment que, même si elle l'avait souhaité, elle n'aurait pu lutter contre le courant qui l'entraînait vers lui.

Alors que les aventures d'un soir n'avaient jamais été son truc, elle envisageait d'en vivre une avec Viktor. Sans crainte. Avec une détermination aussi incongrue qu'évidente.

— Pourquoi cette boucle d'oreille est-elle aussi importante pour toi ? demanda-t-il soudain, rompant le silence.

Sidérée, Rozalia se rendit compte qu'elle avait complètement oublié la boucle d'oreille. Soulevant son verre de vin, elle le porta à ses lèvres et en but une gorgée.

— Depuis le jour où nous avons appris l'histoire de ces boucles, Gisella et moi, nous nous sommes démenées pour les retrouver dans le but de les rendre à notre grand-mère.

— Et d'après l'histoire qu'elle vous a racontée, Istvan les lui avaient offertes, répliqua Viktor en haussant un sourcil.

— Oui, comme cadeau de fiançailles. Il lui a dit d'en vendre une pour s'en aller, en lui promettant de la rejoindre en Amérique, mais il a été tué au cours d'une manifestation avant de pouvoir mettre son projet à exécution. Quand ma grand-mère s'est retrouvée sans argent, elle est allée voir celui qui est devenu mon grand-père, Benedek Barsi. Plutôt que de lui acheter la boucle d'oreille, il lui a proposé le mariage. Et il a vendu la boucle pour ouvrir sa boutique.

— Elle a bien prouvé la profondeur de ses sentiments envers Istvan, fit-il d'un ton sarcastique.

— Elle l'aimait profondément ! protesta Rozalia avec force. Mais elle était seule, célibataire avec un enfant, et dans un pays étranger. Ils avaient besoin l'un de l'autre.

— Autrement dit, ils ont trouvé un arrangement qui les satisfaisait tous les deux. Mais tu dois bien comprendre que sans test ADN, je n'ai aucune raison de croire que ta cousine est la descendante d'Istvan. Cette histoire n'était peut-être qu'un joli conte destiné à éblouir deux petites filles curieuses.

Comment pouvait-elle être attirée par un individu aussi cynique ?

— Il y a trop de chagrin dans sa voix et dans ses yeux quand mamie parle d'Istvan, dit-elle en secouant la tête.

En fait, Rozalia ne se rappelait même pas pourquoi Eszti leur avait parlé de lui, la première fois. C'était arrivé après la mort de Benedek. À ce moment-là, Gizi avait appris que celui-ci n'était pas son vrai grand-père. Choquées, elles avaient interrogé leur grand-mère qui leur avait raconté l'histoire de son grand amour de jeunesse, récit romanesque et tragique qui avait profondément marqué Rozalia.

Quant à la tristesse d'Eszti, elle avait été bien réelle.

— J'enverrai un message à Gizi – Gisella –, tout à l'heure pour lui demander de faire un test. Je ne sais pas pourquoi nous n'y avons pas pensé. Sans doute parce que nous avons cru notre grand-mère sur parole.

Il lui adressa un léger sourire condescendant. De toute évidence, il la trouvait affreusement naïve.

— Pourquoi aurait-elle menti ? insista-t-elle en fronçant les sourcils. Pourquoi aurait-elle inventé que ton grand-oncle était le père de son enfant ? Dans quel intérêt ? Quel but ?

— Pour revenir plus tard nous réclamer sa part de la fortune familiale, par exemple ?

— Nous ne demandons rien. Je suis venue vous faire une offre légitime pour la boucle d'oreille. La seule chose que je désire, c'est restituer à ma grand-mère le gage d'amour offert par celui qu'elle a tant aimé autrefois.

— Et elle ? Elle désire les récupérer ?

— Pourquoi ne le désirerait-elle pas ?

— Elle n'est peut-être pas aussi sentimentale que toi.

— Quel mal y a-t-il à être sentimentale ? Tu n'es pas attaché à certains lieux, certains objets ?

Rozalia tourna les yeux vers la serre.

— Tu n'éprouves jamais de nostalgie quand tu repenses au jour où tu as mangé les baies avec ton frère ?

L'expression de Viktor se durcit, l'avertissant qu'elle s'engageait sur un terrain dangereux.

— Cela n'a pas besoin d'être un objet de valeur, continua-t-elle. Ou un lieu spectaculaire. Je pourrais travailler n'importe où, mais j'ai choisi l'atelier de la boutique créée par mon grand-père. En partie par loyauté envers la famille, et aussi parce que mon oncle m'a permis de faire mon apprentissage auprès de lui – ce dont je lui suis extrêmement reconnaissante. Mais j'aurais pu m'adresser à quelqu'un d'autre. Je veux travailler dans cet atelier parce que pour moi, il est spécial. J'habite un tout petit appartement, mais je m'en fiche. C'est Barsi on Fifth, ma vraie maison.

Ses paroles n'impressionnèrent manifestement pas Viktor.

— OK, dit-elle. Je vais prendre un autre exemple. Tout à l'heure, j'ai demandé de la *pálinka* parce que lorsque j'en bois, cela me fait penser à ma famille et que ça m'aide à sentir le soutien de mes proches.

— Pourquoi as-tu besoin de leur soutien ? lança-t-il en plissant les yeux.

— Parce que toute cette histoire est… perturbante ! Je ne m'étais jamais aventurée seule aussi loin de chez moi. Je n'avais jamais rencontré quelqu'un comme toi ni mis les pieds dans une maison comme celle-ci. Et toi, tu n'as jamais l'impression que ta famille te soutient ?

L'ombre d'un sourire passa sur la bouche sensuelle.

— J'ai une mère et une grand-tante, que *je* soutiens.

Surprise, elle le dévisagea en battant des cils.

— Mais…

Et lorsque tu as perdu ton frère ?

— Elles sont ta seule famille ? Il faut vraiment que tu fasses la connaissance d'Alisz et de Gisella, alors.

— Pour avoir encore plus de responsabilités ? Merci, très peu pour moi.

— Pour élargir ta famille.

— Ces femmes ne sont pas ma famille, déclara-t-il d'une voix ferme. Même si Istvan était bien le géniteur de ta tante. Tu es décidément *très* romantique…

Oui, c'est vrai, se retint-elle d'acquiescer.

— Ainsi, tu n'as aucun lien émotionnel avec… quoi que ce soit ?

— Mes émotions sont des plus basiques. J'apprécie la nourriture de qualité et j'éprouve de la satisfaction lorsque j'ai atteint mes objectifs. Parfois, j'aime regarder des compétitions sportives à la télévision ou pêcher depuis mon yacht. J'aime le sexe.

Il avait prononcé la dernière phrase en la regardant d'une telle façon que Rozalia frisssonna.

— Mais les complications et les drames – voire les chantages ou les menaces – qui vont de pair avec les histoires d'amour, ne m'intéressent absolument pas.

— C'est ridicule, rétorqua Rozalia. Si tu savais à quel point tu me fais penser à ma tante Alisz, pour qui divertissement est synonyme de perte de temps, tu serais forcé de reconnaître que vous êtes parents.

S'interrompant un instant, elle redressa les épaules.

— Si tu ne tiens pas plus que cela à cette boucle d'oreille, pourquoi refuser de me la vendre ?

— Parce que je ne veux pas qu'elle passe entre tes mains, tout simplement. Ta grand-mère l'a volée et a bien profité de son larcin. Je suis encore étonné que tu aies eu le culot de venir ici pour me la demander.

Il souleva tranquillement son verre et but une gorgée de vin.

— Mais puisque je suis là, tu veux bien me la montrer ?
— Je ne sais pas encore.
— Je ne l'ai vue qu'en photo, dans un catalogue, soupira Rozalia, excédée. Je sais que je ne t'impressionnerai pas en te disant que si je pouvais la voir en vrai, je considérerais cela comme un honneur et un privilège, mais j'espère que tu voudras bien satisfaire ma curiosité d'artiste.
— Tu n'es peut-être pas très convaincante, mais je dois reconnaître que tu es plutôt… divertissante, Rozalia Toth.
— On ne peut pas avoir toutes les qualités, riposta-t-elle, le menton haut.

Appuyé à son dossier, le verre à la main, Viktor la dévisageait, l'air parfaitement détendu. Et très sûr de lui.

— Entendu. Allons dans mon bureau, dit-il en reposant son verre.

Le cœur battant à tout rompre, elle le regarda se lever.

— Tu vas peut-être m'annoncer que c'est une copie et que nous nous disputons pour rien, ajouta-t-il.

Quelques instants plus tard, il la faisait entrer dans un bureau où flottait une odeur de cendres et de cuir. Elle contempla les livres reliés alignés bien droit sur les rayonnages couvrant entièrement deux des murs de la pièce, le meuble imposant en chêne derrière lequel se trouvait un fauteuil ancien, les hautes fenêtres donnant sur le jardin de devant.

Au-dessus de la cheminée trônait un imposant portrait et elle fut frappée par la ressemblance entre le beau jeune homme mince et athlétique, et Viktor.

— C'est ton père ?
— Non, c'est Istvan.

Ah… Pas étonnant que sa grand-mère soit tombée folle

amoureuse de lui. Istvan exsudait la même assurance, le même charisme que son petit-neveu.

— Et voici Cili, continua Viktor en décrochant un autre tableau derrière lequel était dissimulé un coffre-fort.

Rozalia se rapprocha du portrait de la femme en robe jaune paille à la jupe ample. Un sourire rêveur et tendre aux lèvres, elle était assise sur une chaise en acajou à dossier droit et caressait un petit chien installé sur ses genoux.

— Poser pendant des heures, ça doit être épuisant, fit-elle remarquer. Et pourtant, cette femme paraît si heureuse…

— Le peintre était son amant.

— Ils allaient s'ébattre sous le plancher de la salle à manger ? Dans le cagibi secret ?

Viktor referma le coffre et remit le tableau en place.

— Sans doute, répondit-il, laconique. Cili n'avait pas choisi son époux, il s'agissait d'un mariage arrangé. Et il avait beau lui avoir offert d'élégantes boucles d'oreilles en guise de cadeau de noces, leur relation était quelque peu tendue. C'est entre autres grâce à cette union mal assortie que Bella a pu échapper au mariage. Sa mère a refusé de lui faire subir ce qu'on lui avait imposé de force.

— Ta grand-tante ne s'est jamais mariée ?

— Les élus de son cœur étaient toujours considérés comme inappropriés. Elle a eu plusieurs compagnons au fil des années. À présent, elle vit seule.

— Mais ta mère s'est laissé persuader d'épouser ton père lorsque ta grand-mère lui a offert la boucle d'oreille de Cili.

— Oui, celle-ci, dit-il en ouvrant un petit écrin de velours.

Un halètement échappa à Rozalia. Fascinée, émue aux larmes, elle contempla la boucle d'oreille reposant sur un coussinet de satin pourpre.

Viktor l'observait, surpris par son attitude. Quand elle avait parlé d'honneur et de privilège, il avait pensé qu'elle exagérait. Lui n'avait jamais ressenti, ne serait-ce que de loin, le mélange de fascination et de révérence qu'il lisait sur les traits de Rozalia.

— Elle est plutôt jolie, dit-il en reportant son attention sur la boucle d'oreille. Mais d'après les experts elle a une valeur toute relative : or à vingt-deux carats, pierres de qualité mais sans plus. Le saphir central est plus intéressant.

— C'est le travail du créateur, qui fait sa valeur.

Elle leva les yeux vers le portrait de Cili.

— J'ai lu que le bleu violet était assorti à la couleur de ses yeux. Tu as une loupe ? demanda-t-elle en se tournant vers lui. J'aimerais…

— Quatre-vingts diamants, dix saphirs, l'interrompit-il. Sans compter les plus petits.

— Tous enchâssés, murmura Rozalia. Et regarde cette granulation. À l'époque, c'était très difficile à réaliser.

Les yeux brillants, elle se lança dans un véritable cours de métallurgie, lui expliquant avec force détails le processus de ladite granulation, technique dans laquelle excellaient les Étrusques, dit-elle.

En fait, Viktor la regardait plus qu'il ne l'écoutait, captivé par le kaléidoscope d'émotions passant sur son visage au fur et à mesure qu'elle décrivait maintenant une technique de soudure mise au point par les Grecs au Ier siècle de notre ère. Lorsqu'elle eut terminé ses passionnantes explications, il leva à son tour les yeux vers le tableau.

— Cili portait ces boucles d'oreilles lors de toutes ses apparitions publiques, dit-il. C'est pour cette raison que leur disparition n'est pas passée inaperçue.

— Et si Istvan les avait bien offertes à ma grand-mère ? demanda Rozalia avec une curiosité apparemment sincère.

— Il les aurait volées à sa propre mère ?

— Il manifestait contre le régime et la politique imposés par les Soviétiques, n'est-ce pas ? Il devait traverser une phase de rébellion. Ou être un rebelle dans l'âme.

— À moins qu'il n'ait subi l'influence de ta grand-mère.

— C'est ce qu'on t'a raconté ? Qu'il s'était laissé dévoyer par Eszti ? J'ai entendu une tout autre version de l'histoire. Il en voulait à son père de collaborer avec l'ennemi. Ma grand-mère avait très peur pour lui et aurait voulu qu'il cesse de participer aux manifestations. Elle avait été conquise par les idées du jeune homme qu'elle aimait, mais elle était très inquiète de voir qu'il prenait de plus en plus de risques.

Elle redressa le menton avant de poursuivre.

— Ce que tu dis concernant ses motivations ne tient pas debout. Tu crois qu'elle aurait choisi délibérément un fils de bonne famille avant de l'encourager à manifester dans le seul but de voler les boucles d'oreilles de sa grand-mère ? Et comment s'y serait-elle prise, d'après toi ?

Viktor posa l'écrin sur son bureau, puis la regarda, frappé par l'intensité de l'éclat doré illuminant les yeux noisette.

— Je crois que son but était d'épouser un riche étudiant. Et qu'elle l'a endoctriné pour qu'il…

— Tu ne réponds pas à ma question ! Comment s'y serait-elle prise ? Peut-être Istvan a-t-il été ému par sa détresse. Elle était *enceinte*, Viktor…

— Nous ne savons pas si l'enfant était bien de lui.

— Pourquoi aurait-elle inventé cette histoire ?

— Nous pourrions en discuter toute la nuit, mais sans arriver à aucune conclusion irréfutable tant que ta cousine n'aura pas fait de test ADN.

Même s'il était persuadé de déjà savoir quel serait le résultat du test en question.

— Je n'aime pas la façon dont tu dépeins ma grand-mère, répliqua Rozalia avec une moue déçue.

— Nous ne nous connaissons même pas. Pourquoi te soucierais-tu de ce que je pense d'elle ?

Elle se mordit la lèvre, l'air soudain consterné.

— Ah, je comprends, enchaîna Viktor. Ce qui t'importe, c'est ce que je pense de *toi*.

— Oui, reconnut-elle avec un haussement d'épaules.

Mais je ne sais pas vraiment pourquoi… Tu n'es pas le genre d'homme que je fréquente d'habitude.

— Et ils sont comment, ceux que tu fréquentes d'habitude ?

Une lueur blessée traversa les yeux de Rozalia.

— Ils prennent ce qui les intéresse. Ils ne sont pas sérieux.

— Je suis très sérieux, en effet.

Il y avait sérieux et sérieux, bien sûr. Mais, de toute évidence, ils ne parlaient pas de la même chose. Sa remarque parut même l'amuser, car elle se mit soudain à sourire. D'un sourire espiègle qui enchanta Viktor.

— Tu es différente des femmes que je fréquente d'ordinaire. Tu es joueuse. Impulsive. Et *très* sensuelle. Tu m'intrigues, admit-il. Et après un baiser aussi… ardent, Je suis curieux de voir comment tu réagis au lit.

Rozalia retint un petit gloussement nerveux.

— Je…, commença-t-elle.

Mon Dieu, elle devait être écarlate…

— Ce n'est pas mon mode de fonctionnement habituel.

D'où, sans doute, le désintérêt rapide de ses petits amis. À son âge, la plupart des femmes couchaient probablement après quelques rendez-vous. Voire dès le premier. Tandis qu'elle posait toujours une limite. Parce qu'elle ne s'était jamais sentie suffisamment attirée par aucun homme, elle avait respecté le serment fait avec Gizi.

Jamais encore Rozalia n'avait éprouvé ce qu'elle éprouvait *maintenant*. Viktor fixait ses lèvres et elle ne pouvait penser qu'à une chose, au baiser échangé avant le dîner. Le souvenir de ces instants fabuleux suffisait à faire naître une excitation insensée en elle. Un désir irrésistible de s'offrir à l'amant expert qui venait de lui dire qu'il la voulait dans son lit. Elle qui n'avait aucune expérience en matière de sexe.

Son seul guide, son seul repère, c'était son instinct. Lequel la poussait inexorablement vers ce mâle superbe.

Elle s'y fia, avec le sentiment de se jeter à l'eau. Se

rapprochant de Viktor, Rozalia lui posa la main sur la poitrine et sentit son cœur battre sous sa paume, à coups réguliers et puissants. Elle y perçut une invite, un signal.

Une plainte franchit les lèvres de Viktor, rauque et sensuelle, en même temps qu'il la prenait par les hanches et l'attirait vers lui.

Le corps viril était ferme, chaud. Doucement, Viktor appuya le nez contre le sien, puis prit possession de sa bouche.

Une myriade de sensations vertigineuses se répandit aussitôt en Rozalia, plus intenses encore que lors du premier baiser. Un courant brûlant la traversa de part en part. Ses seins devinrent ultrasensibles, ses lèvres réagissaient à la moindre caresse de celles de Viktor, frémissaient, réclamaient.

Une émotion inexplicable lui étreignit soudain la gorge. Entre ses jambes, le désir se mit à pulser. Une étrange faiblesse se propagea dans tout son être.

Tout cela à cause d'un baiser. Du mélange de douceur et d'autorité avec lequel Viktor câlinait sa bouche, sa langue. Il prenait possession d'elle tout entière et ce constat la ravissait.

Il redressa soudain la tête et lui prit la main en la regardant droit dans les yeux. Si elle souhaitait en rester là, elle devait le dire maintenant, comprit Rozalia.

Au lieu de lui demander d'arrêter, elle se laissa entraîner sans prononcer un mot.

C'était fou. Absurde. Dangereux, se répéta-t-elle en gravissant les marches avec lui. Mais, cette fois, elle irait jusqu'au bout.

Après avoir traversé un salon, il poussa une double porte ouvrant sur une chambre spacieuse au centre de laquelle trônait un lit immense. Posée sur l'une des tables de chevet, une lampe diffusait sa lumière tamisée dans la pièce.

Viktor referma la porte, tourna la clé dans la serrure d'un geste rapide et revint vers Rozalia.

Lorsque, doucement, il la prit dans ses bras, elle fondit, se délectant de sa merveilleuse chaleur.

Du désir brut brillait dans le regard rivé au sien, et c'était cela qui la sidérait le plus. Qu'il la désire, elle, Rozalia Toth.

Elle ferma un instant les yeux pour mieux sentir la puissante érection pressée contre son ventre. Puis les rouvrit et tressaillit en voyant l'expression tendue du beau visage de Viktor. De toute évidence, il avait du mal à garder son contrôle.

Lui passant les bras autour du cou, Rozalia s'abandonna à sa force et à sa chaleur. À lui.

Il reprit sa bouche avec avidité, comme s'il partageait son impatience. Comme s'il avait besoin d'elle autant qu'elle avait besoin de lui pour combler le manque qui la consumait.

Le doute resurgit dans son esprit. Était-elle censée se montrer plus audacieuse ? Moins ? Plus entreprenante ? Elle *brûlait* de le toucher, de sentir sa peau contre la sienne.

Les mains tremblantes, elle entreprit de déboutonner les boutons de la chemise blanche.

Que pensait-il de sa maladresse ? De son impatience ?

Coupant court à ses interrogations muettes, Viktor tira d'un coup sec sur l'étoffe.

Lentement, Rozalia promena les mains sur la peau chaude et hâlée. Et manifestement ses caresses ne déplurent pas à Viktor, car il laissa de nouveau échapper une plainte rauque et insinua les doigts sous son T-shirt. Quand ils lui effleurèrent les reins, elle fut parcourue par un violent frisson.

L'instant d'après, Viktor lui fit lever les bras et lui ôta son T-shirt avant de dégrafer son soutien-gorge d'un geste expert. Ensuite, il la repoussa légèrement pour faire glisser les bretelles sur ses bras.

Puis il la tint devant lui et contempla son buste.

Rozalia déglutit, s'interdit de penser qu'elle n'était pas assez féminine…

Les yeux maintenant soudés aux siens, il posa les mains sous ses seins et en frôla les pointes gonflées du bout des pouces. Avec un art à peine supportable, il se mit ensuite à les caresser, les cajoler, lui arrachant des petits halètements entrecoupés de soupirs de volupté.

Il gardait le regard rivé au sien pour s'assurer qu'elle appréciait ses caresses, devina Rozalia. Elle avait du mal à soutenir ce regard pénétrant. Le désir ondoyait dans les moindres cellules de son corps. Une chaleur sauvage se répandait entre ses cuisses, impossible à endiguer. Le plaisir atteignit une telle intensité qu'elle referma les mains sur les siennes en poussant un gémissement.

— Laisse-toi aller, ordonna-t-il.

— Non, murmura-t-elle en secouant la tête.

Elle ne pouvait pas s'abandonner ainsi. Elle avait besoin d'être dans ses bras pour se laisser aller complètement.

Fermant les yeux, elle noua de nouveau les doigts sur la nuque chaude. Aussitôt, Viktor la prit par les hanches tandis que d'instinct Rozalia lui enroulait les jambes autour de la taille. Puis elle rouvrit les yeux et l'embrassa. Sans retenue. Elle lui mordilla la lèvre, la suça goulûment, enlaça sa langue à la sienne, l'entraînant dans un ballet torride.

Jusqu'à ce que soudain, elle se retrouve allongée sur le dos, au milieu du lit immense. Viktor se redressa devant elle, défit la ceinture de cuir noir, ouvrit sa braguette, et se débarrassa rapidement de son jean.

Avec la même hardiesse, Rozalia souleva les hanches pour ôter sa petite culotte en coton blanc… ultra-confortable mais pas du tout sexy.

Complètement nu, Viktor s'étendit à côté d'elle et glissa un genou entre ses jambes en lui caressant la cuisse. La main chaude remonta bientôt sur sa hanche, sa taille, son sein…

La sensation du corps viril pressé contre le sien la faisait gémir et trembler. Viktor était si beau… Mais il ne lui laissa pas le temps de l'admirer. Penchant la tête, il aspira le mamelon durci entre ses lèvres, arrachant un cri de plaisir à Rozalia.

Égarée dans un univers insoupçonné jusqu'alors, enivrée par les caresses des mains et des lèvres de son merveilleux amant, elle promena fiévreusement ses mains sur le dos musclé, les reins souples. Elle continuait à agir d'instinct, sans même savoir ce qu'elle faisait. Mais apparemment ses explorations maladroites ne déplaisaient pas à Viktor.

Il se redressa, les yeux étincelants, un sourire approbateur et rapace aux lèvres, puis se concentra sur l'autre sein.

Le désir déferlait en elle, tel un torrent indomptable et impérieux. Soudain, Viktor la fit glisser légèrement sous lui. Ensuite, il caressa ses seins, descendit sur sa hanche, son ventre, avant d'approcher, enfin, de l'endroit où elle se consumait pour lui.

Rozalia ferma les yeux, serra les paupières, tandis que la main experte s'immisçait entre ses cuisses. Il laissa échapper de nouveau une plainte rauque, presque animale, et s'aventura dans l'endroit le plus secret de son corps.

Une sensation étrange se déploya en elle, aussi mystérieuse que... naturelle. Sans réfléchir, elle creusa les reins, offrant ses lèvres, ses seins, ses lèvres, son sexe. Elle s'offrit tout entière.

Viktor l'embrassa doucement, sa main continuant son ensorcelant manège. Il savait vraiment s'y prendre, faisant monter le plaisir mais ne la laissant jamais sombrer dans l'abîme. Les doigts habiles l'exploraient, la conduisaient au bord du précipice, ralentissaient, recommençaient, encore et encore.

S'il continuait ainsi, elle allait devenir folle. De désir.

Les yeux toujours clos, Rozalia glissa la main vers l'érection pressée contre l'intérieur de sa cuisse et tressaillit. Le membre ferme et chaud était doux comme de la soie.

Une plainte gutturale jaillit des lèvres de Viktor.

— Oui..., dit-il d'une voix sourde. Maintenant...

Elle retint son souffle. Elle savait ce qui allait se passer, mais ne l'avait jamais vécu. Viktor guida la puissante érection en elle, exacerbant le désir qui la ravageait. Elle aurait voulu l'absorber tout entier en elle. Il donna un premier coup de reins, la faisant haleter, se retira, recommença, avec plus de vigueur…

Un petit cri de douleur jaillit de sa gorge. Son amant redressa la tête et s'immobilisa, un voile d'incompréhension obscurcit un instant son regard, puis il se remit à bouger.

Une stupeur émerveillée envahit Rozalia.

Elle avait perdu sa virginité et ils faisaient l'amour.

Gagnée par une infinie tendresse, elle caressa le dos moite et musclé, tandis que Viktor l'embrassait avec une telle délicatesse qu'elle sentit les larmes lui monter aux yeux.

Peut-être cédait-elle à son incorrigible penchant pour le romantisme, voyant de la beauté là où il ne s'agissait que de sexe, mais peu importait. Ils étaient seuls au monde, concentrés uniquement sur leur étreinte, et elle aurait voulu que ces instants magiques ne s'achèvent jamais.

Après s'être retiré, il s'enfonça doucement en elle, les yeux mi-clos, observant ses réactions.

La douleur avait disparu, remplacée par une sensation incroyable. Des frissons de volupté parcouraient Rozalia, se répandaient dans tout son corps. Elle enroula les jambes autour de la taille de son amant et ondula avec lui. Viktor l'embrassait, la caressait, lui mordillait la peau en murmurant des mots qu'elle ne comprenait pas, parce qu'elle avait atteint un lieu où les mots n'existaient plus.

Plus rien n'importait hormis le plaisir qui ruisselait en elle et la farouche possession à laquelle elle se soumettait librement.

La jouissance les emporta au même instant, dans une harmonie parfaite. Ce fut un éblouissement, une apothéose, un embrasement de tous les sens.

Une expérience unique dont elle ressortirait changée à tout jamais, comprit Rozalia en redescendant sur terre, comblée.

4.

Ce ne fut qu'au moment où Viktor voulut ôter le préservatif qu'il se rendit compte qu'il n'en avait pas mis.

Un frisson glacé le traversa, le tirant brutalement de sa léthargie post-coïtale.

Comment avait-il pu *oublier* ? Il utilisait *toujours* un préservatif !

Il roula sur le dos, encaissant ce nouveau choc après celui, aussi violent qu'inattendu, provoqué par l'intensité de l'expérience qu'il venait de vivre avec Rozalia.

Et elle avait été *vierge*, en plus…

Abandonnée et réactive, d'une sensibilité inouïe, elle avait réuni toutes les qualités qu'il pouvait attendre d'une maîtresse. Sans parler de la beauté et de la douceur de son corps aux courbes minces si féminines.

Avant même de la voir nue, il avait compris qu'une fois ne lui suffirait pas. Le désir qui le possédait était trop puissant pour se satisfaire d'une seule étreinte. Et quand elle avait pris son membre viril entre ses doigts fins, Viktor n'avait plus songé qu'à une chose : s'enfouir dans sa chaleur de femme.

Le cri poussé au deuxième coup de reins avait témoigné de la surprise de Rozalia. Et peut-être aussi de sa douleur. Il avait été sidéré, choqué, de s'être trompé sur celle qu'il croyait expérimentée, mais n'avait pu se résoudre à s'arrêter. Il ne l'aurait pas supporté.

Observant le beau visage, il avait vu alors des émotions

inconnues se succéder sur les traits délicats. À cet instant, il avait connu Rozalia au niveau le plus intime parce qu'il avait partagé le même émerveillement devant l'inconnu, la même impression de magie.

Pendant ces moments sublimes, Viktor avait oublié l'urgence de son désir. Les caresses échangées le ravissaient, le grisaient, de même que les gémissements qui s'échappaient des lèvres entrouvertes. Il serait resté enfoui en elle jusqu'à la fin des temps, si son orgasme n'avait provoqué le sien. À ce stade, toute pensée avait déserté son esprit. Toute velléité de contrôle ou de domination.

Mais à présent…

— Tu étais vierge, commença-t-il d'un ton neutre. Dois-je en déduire que tu n'utilises pas de moyen de contraception ?

— Hum… ? fit-elle en tournant la tête vers lui.

Ils étaient allongés côte à côte sur le couvre-lit froissé, le corps de Rozalia luisait doucement dans la lumière tamisée. Les cheveux bruns épars auréolaient son visage ovale, elle avait les joues roses, les lèvres gonflées.

Elle le regarda un instant en battant des cils.

— Je vais prendre la pilule du lendemain.

— Tu as intérêt, acquiesça Viktor.

La retombée était dure. Les soupçons anéantissaient tout souvenir des instants fabuleux partagés avec elle. Comment avait-il pu perdre la tête ainsi ? Il se croyait pourtant immunisé contre les sourires innocents et les douces caresses !

— Nous n'allons tout de même pas commettre la même erreur que…, commença-t-elle d'une voix enjouée.

— Non, ce n'est pas mon intention, coupa-t-il sèchement.

Il ne referait certes pas l'erreur de croire une femme amoureuse de lui, avant d'être trahi par elle de sang-froid.

— Espérais-tu obtenir la boucle d'oreille en échange de cet agréable intermède ? Si c'est le cas, tu as raté ton coup. Je n'ai toujours pas l'intention de te la céder.

— Pardon ? s'exclama Rozalia d'une voix étranglée.

Son corps frémissait encore de plaisir et lui, il *l'accusait* d'avoir...

Elle se redressa et referma les bras autour de son buste.

— Tu plaisantes ? demanda-t-elle, atterrée.

— Tu as vingt-quatre ans, n'est-ce pas ? La plupart des gens perdent leur virginité bien plus tôt, de nos jours.

Non, ce n'était pas possible... Après lui avoir fait vivre des moments fabuleux, Viktor l'accusait froidement d'avoir *profité* de lui ? En se servant de son corps ? De sa virginité ?

— Et alors ? rétorqua-t-elle, les joues en feu. Tu me trouves anormale, c'est cela que tu veux dire ?

En se laissant guider par son instinct, peut-être avait-elle fait preuve de maladresse. Elle avait peut-être été ridicule. Sa poitrine se serra douloureusement à cette pensée.

— Ce que je veux dire, c'est que manifestement tu n'as pas l'habitude de te livrer à ce genre d'expérience et que par conséquent tu dois avoir une bonne raison de m'avoir choisi comme premier amant, alors que tu me connaissais depuis quelques heures à peine. D'où ma question : qu'attends-tu de moi en échange ?

— Pourquoi es-tu aussi méprisant ? Aussi brutal ?

Rozalia descendit précipitamment du lit pour rassembler ses vêtements. Du coin de l'œil, elle vit Viktor se redresser et s'appuyer avec nonchalance sur un coude, tel un modèle prenant la pose. Ou un cheikh arrogant congédiant l'une de ses concubines.

Elle s'interdit de le regarder et se pencha pour ramasser son soutien-gorge.

— Réponds à ma question, ordonna-t-il d'une voix glaciale. Pourquoi moi ? Qu'espérais-tu obtenir en échange ?

— Et pourquoi *pas* toi ? riposta-t-elle. Mais apparemment, je connais déjà la réponse. Bravo pour la prestation, mais en ce qui concerne l'après, il y a sans doute mieux.

— Tu voudrais me faire croire qu'après être restée vierge

jusqu'à vingt-quatre ans, tu as soudain décidé de t'offrir une passade avec un étranger ? repartit-il sans se troubler.

— N'inverse pas les rôles, s'il te plaît. C'est *toi* qui m'as invitée ici dans l'intention de me séduire, ne dis pas le contraire ! Je me demande vraiment comment j'ai pu me laisser manipuler ainsi !

Elle enfila rapidement son jean et remonta la fermeture Éclair.

— Tu veux que je t'emmène dans une pharmacie ? Que je te donne de l'argent pour la pilule ?

— Quel gentleman ! fit-elle d'un ton ironique. Non, merci.

S'il sortait son portefeuille, elle le frapperait !

— Il y en a une à deux pas de mon hôtel, justement.

— Je vais demander à mon chauffeur de te reconduire.

— Oh ! ne te donne surtout pas cette peine !

Ravalant ses larmes, Rozalia acheva de se rhabiller à la hâte. Comment avait-elle pu se laisser aller ainsi ? Se jeter dans les bras d'un play-boy, d'un habitué des conquêtes faciles ? Dire qu'elle avait cru avoir affaire à un amant généreux, attentionné... Quelle idiote ! Elle aurait mieux fait de se souvenir du serment fait avec Gizi. Attendre de rencontrer un homme partageant les mêmes sentiments, la même attirance, un être sincère qui s'intéresse vraiment à sa personne, au lieu de la voir comme un simple objet sexuel.

— Ne sois pas stupide, il fait nuit.

Du coin de l'œil, elle le vit tendre le bras vers le téléphone posé sur la table de chevet.

— Je suis sûre que le gardien sera ravi de m'appeler un taxi, déclara-t-elle en redressant le menton.

Mon Dieu, elle se sentait tellement *ridicule* !

Sans tenir compte de ses paroles, il appuya sur une touche et Rozalia l'entendit parler. Mais elle franchissait déjà le seuil de la pièce et s'avançait dans le couloir, sans un regard en arrière.

**
 *

Viktor se réveilla à l'aube avec un mal de tête épouvantable et sans le moindre appétit. Mais il se leva d'un bond comme d'habitude et se dirigea vers la salle de bains en s'efforçant de refouler le profond dégoût qui l'habitait depuis le départ de Rozalia.

La douche n'améliora en rien son humeur. Il en avait déjà pris une dès qu'elle avait claqué la porte derrière elle au milieu de la nuit. Mais il avait eu beau se frictionner énergiquement, il n'était pas parvenu à effacer la culpabilité et le profond mépris de lui-même d'avoir succombé ainsi aux exigences de sa libido.

Cependant, après que Rozalia fut partie comme une furie, il avait éprouvé une sorte de regret.

L'avait-il désirée au premier regard ? Oui. Mais il ne l'avait pas *manipulée*. Il ne jouait pas avec les femmes. Il aimait se voir comme un amant généreux, au lit et en dehors du lit, et il avait cru qu'ils étaient sur la même longueur d'onde.

Était-il possible qu'elle ait été emportée par la même folie qui s'était emparée de lui ?

Depuis quand cédait-il à ce genre d'égarement ? Il était un homme expérimenté, pas un adolescent en proie à ses premiers émois sexuels. Il aurait dû renvoyer Rozalia au lieu de l'amener ici. Mais, dès l'instant où il était sorti des bureaux de Rika Corp et l'avait aperçue, il s'était senti…

Il ne voulait plus penser à cette femme. Ni ressasser la soirée passée avec elle, afin de comprendre à quel moment il s'était trompé sur son compte.

Après avoir appelé une seconde fois le gardien de nuit pour s'assurer que le chauffeur l'avait bien reconduite à son hôtel, il demanda à Endre de lui servir le café dans son bureau un peu plus tard et s'efforça d'éliminer la sensation étrange qui frémissait dans sa poitrine.

Cependant, elle était toujours là quand il s'habilla puis descendit à son bureau.

Pourquoi Rozalia s'était-elle donnée à lui ? Pourquoi lui avait-elle offert sa virginité ? *Pourquoi*, bon sang ?

Viktor décida de travailler quelques heures à la maison, où le calme et la solitude lui permettraient de se débarrasser de son mal de tête. Il se rendrait au siège de Rika Corp plus tard. Là-bas, il n'avait pas une minute de paix. Ni en semaine, ni le week-end.

Lorsqu'il reposa sa tasse vide sur la soucoupe, il se rappela tout à coup que la veille il n'avait pas remis la boucle d'oreille dans le coffre.

Or l'écrin et son précieux contenu ne se trouvaient plus sur son bureau, là où il l'avait laissé. Il n'était pas non plus tombée sur le parquet. Viktor regarda partout : la boucle d'oreille avait bel et bien disparu.

À présent, il savait pourquoi Rozalia s'était donnée à lui.

Rozalia fut réveillée en sursaut par des coups impérieux frappés à la porte de sa chambre.

Elle portait encore ses vêtements de la veille, s'étant jetée tout habillée sur le lit en arrivant, à minuit passé, épuisée et le cœur meurtri. Après une aventure avec un vulgaire don Juan qui ne méritait vraiment pas qu'elle se laisse affecter ainsi par son comportement odieux.

— Ouvrez, mademoiselle Toth. C'est la police.

La porte fut déverrouillée et ouverte avant même que Rozalia n'ait eu le temps de se lever.

Affolée, elle bondit du lit. Il devait être arrivé quelque chose à l'un ou l'autre membre de sa famille.

— Que se passe-t-il ? demanda-t-elle au directeur de l'hôtel qui s'effaçait pour laisser entrer deux policiers en uniforme, un homme et une femme.

Celle-ci pria le directeur d'attendre dans le couloir, puis son collègue désigna une chaise à Rozalia.

— Asseyez-vous.

De son côté, la policière entreprit de fouiller dans les affaires de Rozalia.

— Mais… Qu'est-ce que vous faites… ? protesta-t-elle, ahurie.

— Parlez-moi de cette boucle d'oreille que M. Rohan vous a montrée hier soir, ordonna le policier.

Au lieu de se réveiller d'un cauchemar, Rozalia se retrouva au poste de police une heure plus tard. Là, on prit ses empreintes, elle fut soumise à un nouvel interrogatoire, au terme duquel elle fut accusée d'avoir volé la boucle d'oreille dans le bureau de Viktor avant de quitter Kastély Karolyi.

Elle eut beau répéter encore et encore qu'elle s'était contentée de récupérer son sac resté dans le salon avant de sortir de la maison, rien n'y fit.

— La propriété n'est pas équipée de caméras de surveillance ? demanda-t-elle. Et puis, si j'avais pris la boucle d'oreille, vous l'auriez trouvée dans mes affaires.

Peu importait qu'elle s'exprime dans un hongrois parfait, c'était comme s'ils ne l'entendaient pas. Ils lui permirent de garder son T-shirt chiffonné et son jean, mais lui prirent tout le reste, blouson, smartphone…

Ils l'autorisèrent à passer un unique coup de fil, au moment où elle se sentait presque à bout de résistance. En proie à une anxiété sans nom et privée de son répertoire, Rozalia ne se rappelait que le numéro de la boutique. Or, vu qu'il était plus de minuit à New York, son oncle serait rentré chez lui. À moins qu'il ne soit encore en Floride ? Elle n'arrivait plus à s'en souvenir.

Impossible d'appeler ses parents. Elle les connaissait : quand ils apprendraient la situation, ils paniqueraient. Ils tenteraient bien de la rassurer, mais ne sauraient pas comment s'y prendre pour trouver un avocat. D'autre part, ils n'avaient pas les moyens de payer la caution.

Au prix d'un suprême effort de concentration, elle crut se

souvenir du numéro de Gisella et le composa, sous le regard peu encourageant du policier chargé de sa surveillance.

Mon Dieu, pourvu que ce soit le bon numéro…

Lorsqu'une voix d'homme lui répondit, Rozalia crut qu'elle allait s'effondrer sur place.

— Oh ! non ! Je me suis trompée de numéro ! s'exclama-t-elle, découragée. Excusez-moi…

— Attendez. Vous voulez parler à Gisella ? Vous êtes Rozi ?

— Oui ! Et vous ? Qui êtes-vous ?

— Ne quittez pas, je vous la passe.

— Allô !

Rozalia se sentit tellement soulagée d'entendre la voix de sa cousine qu'elle fondit en larmes. Et lorsque quelques instants plus tard elle tendit le téléphone au policier – pour qu'il donne les précisions nécessaires à Gisella –, elle avait déjà oublié ce qu'elle-même avait dit. Elle ne se rappelait que les paroles de Gizi :

« Je réserve un billet d'avion et j'arrive. »

— Comment cela, elle a été *arrêtée* ? s'exclama Viktor, scandalisé.

Décidément, la situation ne faisait qu'empirer !

— Et où l'ont-ils emmenée, bon sang ? rugit-il dans le combiné.

Depuis combien de temps se trouvait-elle au poste de police ? En garde à vue ? Huit heures s'étaient écoulées depuis qu'il avait découvert la disparition de la boucle d'oreille. Huit heures durant lesquelles il avait chargé Endre d'appeler la police et de leur demander *d'interroger* Rozalia. Puis de fouiller sa chambre si nécessaire, de manière à s'assurer qu'elle ne quitte pas le pays avec la boucle.

Il ne leur avait pas demandé de *l'arrêter*, bon sang !

Deux agents de police s'étaient présentés à Kastély Karolyi, avaient pris sa déposition et relevé les empreintes dans son bureau. Ils avaient également interrogé le personnel de jour, Endre et le gardien de nuit.

C'était grâce à ces derniers que Viktor avait appris le passage de Trudi.

— Que voulait-elle ? avait-il demandé au gardien.

— Son nom était inscrit sur la liste, en tant qu'invitée. Alors je l'ai laissée entrer, avait répondu celui-ci. Si vous voulez bien me suivre jusqu'à la loge, je peux vous…

Inutile, Viktor le croyait sur parole. Ce qu'il avait souhaité entendre, c'était que sa mère avait inscrit le nom de Trudi sur la liste en question.

Il avait aussitôt appelé la jeune femme, qui l'avait d'abord pris de haut.

— Ta mère m'a dit qu'elle était obligée de quitter Budapest. Et elle pensait que tu aimerais avoir de la compagnie. Mais apparemment, tu t'étais déjà arrangé pour ne pas dîner seul.

Les derniers mots avaient été prononcés avec dépit, détail qui n'avait pas échappé à Viktor.

Endre avait essayé de renvoyer la visiteuse, apprit-il ensuite. Le majordome lui avait dit que Viktor était avec une invitée. Sur l'insistance de Trudi, Endre était monté à l'étage, et il expliqua qu'il avait laissé la jeune femme dans le salon suffisamment longtemps, afin qu'elle comprenne que Viktor s'était retiré pour la nuit. Ne sachant si Rozalia était encore là, il n'avait pas voulu le déranger.

Or la porte séparant le salon du bureau n'était pas fermée à clé. Lorsque Viktor questionna Trudi et lui demanda sans ménagement si elle avait vu la boucle d'oreille, il eut droit à un silence éloquent.

— Les policiers ont relevé les empreintes dans mes appartements, précisa-t-il, gardant son calme à grand-peine. Si tu as quelque chose à me dire, c'est le moment.

— Je suis entrée dans ton bureau pour voir si tu travaillais, dit-elle d'un ton détaché. Et j'ai pensé qu'il n'était pas prudent de laisser traîner un bijou d'une telle valeur.

Alors je l'ai mis en sûreté, dans le tiroir de la console en acajou du salon.

En réalité, elle l'avait *caché*. Par pure méchanceté.

— Je n'apprécie pas du tout ce genre de plaisanterie, Trudi. Ni la possessivité, surtout quand elle est aussi déplacée. Ne t'attarde pas à Budapest pour moi, conclut-il avant de raccrocher sans même la saluer.

Si jamais elle restait dans les parages et tentait à nouveau de l'approcher, elle aurait affaire à lui.

Quand il se rendit à l'hôtel où était descendue Rozalia, le directeur l'informa en bégayant qu'il avait fouillé *lui-même* la chambre une seconde fois, dans l'espoir de lui restituer *personnellement* la boucle d'oreille. La police avait emmené Mlle Toth parce qu'elle refusait de leur dire où elle l'avait cachée, expliqua-t-il. Ou à qui elle l'avait vendue.

Viktor quitta l'hôtel en maudissant Trudi, remonta en voiture et appela son avocat en chemin pour lui demander de le rejoindre au poste de police central.

Rozalia était à bout de forces, mais elle n'essaya même pas de dormir. Les épaules et le dos raides, elle resta assise sur le lit en fer, épiant le moindre bruit, le moindre mouvement provenant de l'une ou l'autre de ses codétenues qui paraissaient profondément endormies. En fait, elle s'imposait une discipline de fer pour dominer la terreur qui l'habitait.

Gisella allait venir à son secours, se répéta-t-elle à nouveau. Il suffisait d'être patiente.

Au bout d'un temps qui lui parut interminable, un gardien ouvrit la porte et lui demanda de le suivre. Une avocate l'attendait, ajouta-t-il avant de s'avancer dans le couloir.

Une joie indicible envahit Rozalia, si intense qu'elle se mit à trembler. Les jambes mal assurées, elle s'interdit de vaciller et redressa les épaules pour se donner du courage.

Le gardien la fit entrer dans une pièce où se trouvaient quatre personnes, deux hommes en costume sombre et une femme en tailleur gris perle, ainsi qu'un policier en uniforme. Attirée par son sourire bienveillant, Rozalia s'avança vers celle qui devait être l'avocate envoyée par Gizi,

Pas question de regarder l'homme en costume noir coupé sur mesure et au charisme sensuel et viril. L'individu qui l'avait tenue dans ses bras, embrassée partout. Celui auquel elle s'était donnée tout entière, corps et âme.

Rozalia refoula la douleur sourde qui lui étreignait la poitrine. C'était à cause de ce salaud qu'elle avait été arrêtée.

— Je me présente : Sophie Balogh, dit l'avocate en lui tendant la main.

— C'est ma cousine, Gisella Drummond, qui vous a demandé de venir ? s'enquit Rozalia en serrant la main tendue.

— En réalité, je suis mandatée par Kaine Michaels. C'est à lui que j'enverrai mes honoraires par l'intermédiaire de notre filiale américaine, mais je suis ici à la demande de Gisella Drummond, en effet.

Kaine Michaels ? Il ne fallait surtout pas que, à cause d'elle, Gizi se retrouve dépendante de cet homme !

Cédant à une impulsion déraisonnée, elle se hasarda à regarder Viktor l'espace d'une seconde.

Les yeux gris étaient dardés sur elle. Une expression figée et impénétrable se lisait sur ses traits, mais elle *sentit* la fureur émaner de lui et l'atteindre en plein cœur.

— Je ne l'ai pas prise ! s'écria-t-elle d'une voix rauque.

— On l'a retrouvée, répliqua-t-il, crispé. Chez moi.

— Pourquoi suis-je ici, alors ? s'exclama Rozalia, stupéfaite.

— M. Rohan s'est déjà occupé de votre libération, intervint Sophie Balogh en lui posant brièvement la main sur le bras.

Rozalia soutint le regard bleu de l'avocate.

— Je désire que ce soit vous qui vous en occupiez, lui dit-elle. Je ne veux pas devoir quoi que ce soit à M. Rohan.

Et c'est à moi que vous enverrez vos honoraires. Kaine Michaels n'a rien à voir dans cette histoire.

— Tout est déjà réglé, répliqua gentiment Sophie Balogh. Il reste quelques formalités à remplir et il se peut que vous deviez comparaître devant un juge pour que l'affaire soit définitivement classée. Sinon, vous pourriez avoir des ennuis lorsque vous quitterez la Hongrie. Je m'occuperai de cette partie de la procédure avec plaisir, mais vous êtes déjà…

Elle adressa un regard sévère aux deux hommes.

— … vous êtes déjà plus ou moins libre de vous en aller.

— Qu'entendez-vous par *plus ou moins* ? s'enquit Rozalia, paniquée.

— Le directeur de l'hôtel a profité de l'occasion pour se faire de la pub gratuite, dit Viktor avec mépris. Les journalistes font le siège. J'ai proposé de t'emmener…

— Je préfère retourner dans ma cellule.

— Mademoiselle Toth…, commencèrent d'une seule voix l'avocate et l'homme en costume anthracite demeuré silencieux jusqu'à présent.

Ils s'interrompirent en voyant Viktor se diriger vers la porte et l'ouvrir, sans que le policier ne s'y oppose.

— Viens, dit-il en se retournant vers Rozalia. C'est à cause de moi que tu t'es retrouvée ici, laisse-moi au moins t'en sortir.

— Où comptes-tu m'emmener ? riposta-t-elle, le menton haut.

— Je possède un chalet dans la montagne où personne n'ira t'importuner.

S'interdisant de trembler, elle s'avança vers la porte, passa devant Viktor sans le regarder et prit la direction de la sortie.

Avant de quitter le poste de police, ils durent toutefois s'arrêter devant un comptoir où ses affaires lui furent restituées. Rozalia fouilla nerveusement dans son grand sac pour vérifier que porte-monnaie, portefeuille, passeport, tablette, carnet et smartphone s'y trouvaient bien.

L'agent de service lui tendit un stylo en lui demandant d'apposer sa signature à différents endroits du document qu'il plaça devant elle, mais au lieu de s'exécuter Rozalia recommença à fouiller fiévreusement son sac.

— Où est ma bague ? Le policier qui a pris mes affaires l'avait mise dans une enveloppe.

L'agent de service haussa les épaules et Viktor eut le culot de lui poser la main sur l'épaule en disant :

— Pas de panique. Je suis sûr qu'elle est là.

Se dégageant brutalement, elle frappa du poing sur le comptoir.

— J'ai été soupçonnée à tort et arrêtée indûment pour vol. Et je n'ai pas l'intention de faire plus longtemps les frais de cette méprise lamentable. Alors *rendez-moi ma bague* !

— Hé, doucement…, fit l'agent, l'air mauvais.

Viktor et celui qui était en fait son avocat, s'interposèrent et réussirent à les calmer tous les deux.

Quelques instants plus tard, l'enveloppe portant son nom et contenant la précieuse bague lui fut rendue, mais Rozalia tremblait si fort qu'elle n'arrivait pas à la glisser à son doigt. Viktor proposant de l'aider, elle le repoussa à nouveau.

Sa bague enfin au doigt, ses affaires dans son sac, elle adressa un petit salut raide à l'agent et franchit le seuil du poste de police la tête haute.

Elle était manifestement épuisée, avait les yeux cernés et le visage blême, mais elle avait tenu bon – jusqu'à l'incident de la bague.

De son côté, Viktor n'avait même pas craint d'avoir perdu la fameuse boucle d'oreille quand il avait constaté sa disparition. Pas vraiment. Le vol le rendait furieux, sous quelque forme que ce soit, mais il n'était pas attaché aux biens matériels, précieux ou non.

En revanche, il s'était senti profondément trahi par Rozalia et avait été furieux contre lui-même, de s'être laissé duper ainsi. Avant de découvrir l'identité de la vraie coupable.

Le comportement de Trudi ne faisait que renforcer sa méfiance envers les femmes. Mais la détresse de Rozalia l'affectait cependant davantage qu'il ne l'aurait souhaité.

Dès qu'ils furent installés à l'arrière de sa voiture, Viktor se tourna vers elle.

— Lorsque j'ai constaté la disparition de la boucle d'oreille, j'ai demandé à la police d'aller t'interroger à ton hôtel. Ils ont fait un excès de zèle en t'arrêtant. Cela dépassait de loin ma requête.

— Ah ? fit-elle avec dédain, le regard obstinément fixé devant elle. Je pensais qu'il s'agissait d'une nouvelle attention de ta part, dans la lignée de celles dont tu m'as gratifiée cette nuit, après avoir bien profité de ma stupidité.

Viktor la regarda sortir son smartphone de son sac informe et remarqua que ses doigts tremblaient. Il admira sa force de caractère. Il s'en réjouit.

— Je suis sur le point de partir à l'aéroport, dit l'interlocutrice de Rozalia.

Jetant un regard en biais à l'écran du téléphone, il supposa qu'il s'agissait de Gisella Drummond. Dire que le visage lui parut familier aurait été exagéré, mais il y avait quelque chose dans ses traits, sa voix, qui lui rappelait ceux de sa mère.

— Tant mieux, je voulais te joindre avant ton départ. Ça y est, je suis libre. Tout va bien. Ce n'est pas la peine que tu viennes.

— Tu es en route pour l'aéroport de Budapest ? Tu rentres à New York ?

— Non, il faut que je reste encore un peu ici. Mais d'après l'avocate, ce ne sera pas long, juste le temps de régler les derniers détails.

— Je viens quand même te rejoindre, Rozi, et je resterai avec toi jusqu'à ce que tout soit terminé.

Rozi. Ce diminutif affectueux plut à Viktor.

— Non, ce n'est vraiment pas la peine. Tu ne pourrais rien faire de plus, de toute façon.

L'échange se poursuivit dans la même tonalité, jusqu'à ce qu'un signal sonore n'avertisse Rozalia qu'un correspondant cherchait à la joindre.

— Oh ! j'ai un appel de maman – je te laisse, Gizi. Je t'embrasse !

Cette fois, la conversation fut plus larmoyante – côté maternel –, Rozalia ne parvenant pas à rassurer sa mère qu'elle allait bien et s'excusant d'avoir ameuté tout le monde. Il s'agissait d'un malentendu, insista-t-elle.

— Pourquoi continuez-vous à rechercher ces boucles d'oreilles ? demanda Mme Toth. Je croyais que vous en aviez terminé avec cette histoire !

— Je n'ai presque plus de batterie, maman. Je te rappelle plus tard, après avoir pris une douche et dormi un peu.

Elle glissa l'appareil dans son sac, puis se raidit en s'apercevant que la voiture franchissait les barrières d'un aéroport privé.

— Je croyais que tu m'emmenais à la gare routière !

— La gare routière, répéta lentement Viktor. J'apprécie vraiment ton sens de l'humour, Rozi. Je n'ai jamais pris un bus de ma vie.

5.

Secondé par un copilote, Viktor pilotait lui-même l'hélicoptère, si bien que Rozalia n'avait pas l'opportunité de lui parler – ce qui ne la dérangeait pas le moins du monde.

Elle n'allait tout de même pas le remercier de l'avoir fait sortir de prison alors que c'était à cause de lui qu'elle s'y était retrouvée !

Avant d'appeler la police, il aurait pu au moins la prévenir. Bien sûr, s'il lui avait demandé si elle avait volé la boucle d'oreille, elle aurait nié et il ne l'aurait pas crue. Par conséquent, cela n'aurait pas changé grand-chose. Mais elle refusait de considérer la situation sous cet angle. Elle préférait camper sur ses positions, pas du tout prête à oublier les accusations qu'il lui avait balancées à la figure alors qu'ils venaient de faire l'amour avec passion. Ou du moins l'avait-elle cru, à tort.

Elle rumina ces sombres pensées durant tout le vol, jusqu'au moment où elle vit le soleil descendre au-dessus du massif du Nord, situé sur les contreforts des Carpates, lesquels grossissaient à vue d'œil au fur et à mesure qu'ils s'en approchaient.

L'hélicoptère se posa en douceur derrière un ravissant chalet niché sur un petit plateau qui s'étalait à mi-hauteur du versant sud et surplombait la vallée.

— Tes bagages ont été enlevés à ton hôtel, dit Viktor en l'aidant à descendre de l'appareil. Je vais les porter à l'intérieur. Si la gouvernante est là, elle s'en occupera...

— Je préfère m'en occuper moi-même, l'interrompit Rozalia d'un ton sec en entrant dans la maison.

Tandis que Viktor se dirigeait vers la cuisine ouverte, elle alla vers l'escalier conduisant à une véranda qui courait autour de la maison et dominait un profond ravin. D'un autre côté, elle donnait sur la vallée, au centre de laquelle un lac s'étirait tout en longueur. L'eau paraissait presque noire sous le ciel violet foncé où s'effilochaient les dernières traînées roses et mauves. Au loin, Rozalia aperçut un petit village dont les maisons de pierre entouraient une église.

Alors qu'elle admirait la majesté de la vue, elle entendit soudain le ronronnement de l'hélice provenant de l'arrière du chalet. L'instant d'après, l'appareil s'élevait dans le ciel et repartait vers Budapest.

Il ne lui avait même pas dit au revoir… Et alors ? Pourquoi ressentait-elle une horrible sensation d'abandon ? C'était exactement ce qu'elle désirait : être seule et réfléchir sereinement à ce qu'elle avait traversé depuis sa rencontre avec Viktor la veille. Mais son départ ne faisait que confirmer l'impression qu'elle gardait de leur brève aventure. Il s'en allait sans lui dire un mot, parce qu'elle ne représentait rien pour lui.

La porte communiquant avec l'intérieur de la maison s'ouvrit derrière elle, la faisant sursauter.

— Je croyais que tu étais parti ! s'exclama-t-elle en voyant Viktor s'avancer vers elle.

Après s'être sentie abandonnée lâchement, elle paniquait à la perspective de cohabiter avec lui…

— Tu… Tu comptes rester ici avec moi ?

— Évidemment. La gouvernante a rempli les placards et le réfrigérateur, et laissé des plats à réchauffer. Si nous avons besoin de quelque chose, elle nous l'apportera quand elle reviendra dans quelques jours.

Dans quelques jours ?

Rozalia contempla les toits distants du village dont les contours s'estompaient. Combien de temps lui faudrait-il pour marcher jusqu'à là-bas, dans l'obscurité ? Il devait bien y avoir un hôtel, ou une maison d'hôtes. Mais auraient-ils une chambre de libre ? Y avait-il des taxis dans un aussi petit village ?

Et combien lui restait-il sur son compte ? Que lui demanderait-ton pour la conduire jusqu'à Budapest ? À supposer qu'il y ait bien des taxis. Ne serait-ce qu'un.

— Tu as dit à ta mère que tu désirais prendre une douche et dormir, lui rappela Viktor. Je te montre ta chambre ?

Elle acquiesça d'un petit hochement de tête. Subitement, elle n'éprouvait plus aucun désir de partir.

Peut-être à cause du charme du chalet, et du fait qu'elle ait sa propre chambre. Et puis, Rozalia se sentait soudain exténuée et prête à s'écrouler sur le premier lit venu…

Construite par un architecte ingénieux, la maison était agrémentée de baies vitrées, si bien que l'on avait l'impression que celle-ci flottait à mi-hauteur du ravin. Des meubles anciens et des œuvres d'art étaient mis en valeur par un éclairage subtil, mais ce qui se dégageait surtout de la vaste pièce, c'était une impression de confort et d'harmonie.

On se sentait bien dans ce chalet. Chez soi.

— C'est la chambre de ta mère ? lança-t-elle, frappée par le raffinement de la pièce dont Viktor venait d'ouvrir la porte.

— Elle a fait décorer cette maison à distance, en recourant uniquement à sa tablette. Je suis le seul à venir ici. Mais elle a conçu l'ensemble dans le but de m'accueillir un jour avec femme et enfants.

— Tu ne préfères pas que ta future épouse soit la première à étrenner cette chambre ?

Il la dévisagea un instant en silence.

— Tu as faim ? demanda-t-il, esquivant sa question.

— Je suis surtout fatiguée, avoua Rozalia.

Et elle avait besoin de temps pour se retrouver. La proximité de Viktor la troublait trop. Il avait une façon de la regarder qui la perturbait. Comme s'il avait pitié d'elle.

Et, surtout, le fait de se retrouver seule avec lui dans une chambre lui rappelait beaucoup trop le moment où il l'avait emmenée dans la sienne, à Kastély Karolyi.

— J'aimerais prendre un bain et recharger mon téléphone. Il y a le wi-fi ?

Il lui indiqua le mot de passe, puis s'en alla en disant qu'ils se retrouveraient plus tard, quand elle serait reposée.

Après s'être enfermée à double tour, Rozalia se déshabilla et prit un bon bain chaud dans la salle de bains ultra-moderne attenante à la chambre, mais sans vraiment parvenir à se détendre.

Une fois allongée dans le grand lit – au matelas ferme mais pas trop, exactement comme elle les aimait –, elle ne parvint pas à trouver le sommeil avant longtemps. Les pensées tourbillonnaient dans son esprit sans répit. Les images défilaient, tour à tour torrides ou terrifiantes.

Elle finit néanmoins par s'endormir et se réveilla le lendemain… à midi.

Repoussant le moment de se retrouver face à Viktor, elle resta au lit et répondit aux SMS envoyés par la famille, rassura tout le monde et affirma qu'elle allait bien. Mais elle s'inquiétait pour Gisella qui, apparemment, voyait beaucoup Kaine et s'était rendue dépendante de lui à cause de son arrestation.

Rozalia s'en voulait tellement d'avoir mis Gizi dans cette situation… Fermant les yeux, elle se promit de tout arranger dès son retour à New York.

Une seconde plus tard, elle se sentait dériver à nouveau dans le sommeil.

Quand elle se réveilla, elle mourait de faim et se leva, déterminée à trouver quelque chose à manger sans rien demander à quiconque. C'est-à-dire à Viktor.

Enfilant son pantalon de yoga et un long T-shirt, elle descendit au rez-de-chaussée sur la pointe des pieds. Dans la cuisine, elle aperçut une assiette, une fourchette et un couteau posés dans l'évier.

La machine à café était éteinte, mais il en restait suffisamment pour remplir une tasse. Soulevant le couvercle d'une sorte de corbeille posée sur le plan de travail, elle y trouva du pain grillé.

Ensuite, elle s'aventura dans la vaste pièce à vivre déserte et remarqua une porte entrebâillée au fond à gauche. Tendant l'oreille, elle entendit Viktor parler en italien. Sans doute au téléphone.

Retournant à la cuisine, Rozalia mit assiette, tasses et couverts sales dans le lave-vaisselle, puis se dirigea vers la baie vitrée. Il y avait quelque chose de féerique dans le paysage environnant. Une sorte de magie à laquelle il était impossible de rester insensible. Alors qu'elle aurait préféré détester tout ce qui avait trait de près ou de loin à Viktor Rohan !

Un bruit de pas la fit se retourner vivement.

Quand on parlait du loup…

Rasé de près, il était… somptueux dans ce jean bleu indigo et cette chemise blanche entrouverte à l'encolure. Les effluves désormais familiers de son eau de toilette lui caressèrent les narines, ravivant des souvenirs malvenus.

Il portait une tasse vide et une assiette sur laquelle traînaient quelques miettes de pain grillé.

— Bonjour, dit-il tranquillement.

La voix de baryton fit naître des frissons partout en elle.

— Bonjour. J'allais refaire du café, si tu en veux…

— Volontiers.

Rozalia se détourna et s'avança vers les placards.

— Deuxième à droite, dit-il.

Ravie d'avoir quelque chose à faire – et de lui tourner le dos –, elle suivit ses indications et prépara le café. Mais elle demeurait terriblement consciente du regard pénétrant suivant le moindre de ses gestes. Elle sentait la chaleur virile se propager en elle en ondes délicieuses.

Elle attendit que le café soit prêt pour se retourner.

— Je te sers ? demanda-t-elle sans regarder Viktor.

— Oui, merci, répliqua-t-il en tendant sa tasse vers elle.

Mon Dieu, on aurait dit un dialogue de pièce de théâtre, jouée par des comédiens amateurs…

— Où était la boucle d'oreille ? demanda Rozalia avec calme après avoir rempli la tasse de Viktor.

Le cœur battant dans sa poitrine, elle versa le liquide à l'arôme puissant dans sa propre tasse.

— Elle avait été déplacée.

— Par un membre du personnel ?

— Par une femme que ma mère voudrait me voir épouser.

Rozalia faillit en lâcher sa tasse.

— Tu es fiancé ?

— Pas du tout. Il faut que tu manges, dit-il en tirant une chaise pour elle.

Comme il se dirigeait vers le réfrigérateur, elle se laissa tomber sur la chaise, horrifiée.

— Quand est-elle venue ? Elle…

— Ne t'inquiète pas, l'interrompit-il d'un ton neutre. Ne sachant pas si tu étais encore là, le majordome n'a pas voulu me déranger et l'a renvoyée.

— Je vois…, murmura-t-elle.

Tout en parlant, Viktor avait sorti du réfrigérateur de la salade composée et un assortiment de fromages appétissants. Après avoir posé le tout sur la table, il se dirigea vers l'un des placards et y prit une miche de pain qui paraissait sortir du four.

— Tu l'avais invitée ?

— Moi, non. Ma mère s'en était chargée.

Il s'assit en face d'elle et l'engagea à se servir, avant de couper de larges tranches de pain.

— Ma mère a fait croire à Trudi qu'elle avait toutes les chances de devenir ma femme. Mais Trudi nous a vus ensemble sur un site people – un paparazzi a réussi à nous prendre en photo à notre arrivée à Kastély Karolyi –, et elle a été vexée de me voir rentrer chez moi avec une femme alors qu'elle croyait avoir rendez-vous avec moi.

— C'est à cause d'elle que j'ai été arrêtée ? Elle a cherché délibérément à me faire passer pour une voleuse ?

— Elle prétend avoir mis la boucle d'oreille en sûreté pour éviter qu'elle ne soit volée, justement. Mais je comprends ton indignation. Ta réaction est tout à fait légitime.

Rozalia le dévisagea en silence, interloquée. Comment pouvait-on faire une chose pareille ? Heureusement qu'elle ne risquait pas de rencontrer cette Trudi…

— Tu tiens beaucoup à ta bague, manifestement, reprit Viktor. C'est l'une de tes créations ?

— Non, elle a été créée pour moi par Gisella, répondit-elle en baissant les yeux sur la bague qu'elle ôtait rarement.

— Je peux ? demanda-t-il en tendant la main.

Après un instant d'hésitation, Rozalia le laissa prendre la sienne et frémit au contact des longs doigts qui l'avaient explorée, caressée…

Arrête ça ! Tout de suite !

Lui tenant doucement la main, il contempla l'anneau d'or rose fait d'entrelacs de feuilles de vigne, certaines serties de petits diamants évoquant des gouttelettes de rosée, d'autres entourant l'opale noire placée au centre, comme pour la protéger.

Du bout du pouce, Viktor poussa légèrement la bague, faisant jouer les feux multicolores de la pierre bleu-violet foncé.

— La plupart des gens pensent que c'est une banale bague d'humeur, ce qui me va très bien. Sinon, on risquerait de me la piquer, dit-elle d'un enjoué.

En réalité, elle s'efforçait de rester insensible à la chaleur de la main enserrant la sienne.

— C'est une opale ?

— Oui, la moins aisée à travailler des pierres, répondit Rozalia. Elles se brisent facilement, mais Gizi les adore. La façon dont elle a taillé et enchâssé celle-ci devrait toutefois la protéger des chocs.

— On ne se rend pas compte de sa beauté au premier

coup d'œil, dit Viktor en redressant la tête. C'était un cadeau d'anniversaire ?

L'accent colorant sa voix la fit tressaillir.

— Non, de fin d'apprentissage.

Dégageant sa main d'un mouvement brusque, elle reprit sa fourchette et se concentra sur le contenu de son assiette afin de dissimuler son trouble.

— Nous avons le même âge et faisons quasiment tout en même temps. L'école, l'apprentissage… Notre oncle nous a demandé de créer une bague l'une pour l'autre en guise d'examen probatoire.

Viktor haussa les sourcils, l'air sincèrement intéressé. Puis il souleva sa propre fourchette et son couteau, mais sans cesser de regarder Rozalia avec attention, l'encourageant ainsi à poursuivre son récit.

— Quand on crée en se fiant à sa propre inspiration, ses goûts personnels, on finit toujours par trouver un acheteur, avec un peu de patience. Mais quand on vit de son travail de créateur, il faut mettre de côté ses préférences et proposer aux clients des bijoux qui soient susceptibles de leur plaire. Gisella ne ferait jamais ce genre de bague pour elle-même.

Rozalia fit pivoter son poignet.

— Elle l'a créée pour moi, en se concentrant sur mes goûts, ma personnalité, et comme elle me connaît bien, elle était sûre de ne pas rater son coup. Alors j'ai dit à mon oncle qu'elle avait réussi le test et que par conséquent elle était prête à exercer son métier.

— Et toi, quel genre de bague as-tu créé pour elle ?

Impossible de prétendre qu'elle n'avait pas son smartphone sous la main, il était là, sur le plan de travail.

Dissimulant son embarras, Rozalia fit défiler les photos de ses créations et cliqua sur celle de la bague de Gizi.

— L'anneau de platine est serti de sept pierres précieuses de couleurs différentes, commença-t-elle en tendant l'appareil à Viktor. Elles représentent notre génération de cousins.

Gisella a parfois l'impression de ne pas vraiment être des nôtres parce que son grand-père était Istvan, pas Benedek.

— De cette façon, elle a toujours avec elle la preuve de votre soutien, enchaîna Viktor en activant le zoom.

Le cœur de Rozalia fit un bond dans sa poitrine.

— Oui.

— Très belle, dit-il en lui rendant son téléphone.

Pour la première fois, Rozalia eut l'impression qu'il la voyait vraiment. Pas sa bague ou ses seins. *Elle.* Viktor découvrait des facettes insoupçonnées de sa personnalité.

— Je suis inquiète pour Gisella, murmura-t-elle. Je ne comprends pas pourquoi elle s'est tournée vers Kaine Michaels pour lui demander de l'aide quand elle a appris ma situation.

— Je réglerai les honoraires de l'avocate.

— Ce n'est pas cela qui me préoccupe. Je disais ça juste…

Pour meubler le silence. Elle reposa sa fourchette, ses mains étant saisies de tremblements. Face à Viktor, elle se sentait complètement désarmée.

Elle ne pouvait penser qu'à une chose, leurs ébats passionnés. Elle avait cédé à une attirance irrésistible qui la poussait de nouveau vers lui, là, maintenant. Elle était en proie au même désir inexorable. Et elle n'avait pas envie d'y résister. Elle aurait pourtant dû savoir s'arrêter, ne pas espérer l'impossible. Parce que cette histoire n'avait aucun avenir et déboucherait uniquement sur de la souffrance. Pour elle. De toute façon, elle n'était pas allée chez Viktor dans l'espoir d'entamer une relation à long terme avec lui. Elle avait su dès le départ qu'il ne s'agirait que d'une nuit. C'était d'ailleurs pour cette raison qu'elle…

— Oh ! non ! s'écria-t-elle, atterrée.

— Qu'y a-t-il ? demanda Viktor en regardant autour de lui.

Rozalia fut parcourue par des frissons glacés. Elle blêmit.

— Rozi, reprit-il en se penchant vers elle. Dis-moi ce qui se passe !

— Quand je suis rentrée à l'hôtel, il était trop tard, commença-t-elle d'une voix à peine audible. J'avais l'intention d'y aller le lendemain matin, mais la police est venue m'arrêter et ensuite, tu m'as emmenée ici.

Le visage de Viktor se ferma. Il s'appuya au dossier de sa chaise, une lueur dure au fond des yeux.

— J'ai *oublié*, Viktor. Il faut que tu me croies !

Il n'était pas surpris le moins du monde.

Immobile sur sa chaise, Viktor laissa l'information s'installer dans son esprit, conclusion inéluctable des événements survenus au cours des deux derniers jours. Rozalia Toth avait menacé son équilibre dès l'instant où elle lui était apparue. Il la revit en train de faire du baratin à Joszef, puis essayant son charme sur lui. Sa vraie proie.

— Je ne l'ai pas fait exprès, insista-t-elle. Je ne t'ai pas tendu un piège dans le but de te forcer à m'épouser ou à me soutenir financièrement. Tu m'as fait *arrêter* !

— Cela n'a jamais été mon intention, décréta-t-il.

Il avait des défauts, certes, mais il n'avait pas pour habitude d'envoyer des innocents en prison.

Le regard noisette s'assombrit tandis qu'elle s'efforçait en vain de le toiser avec mépris. Vaincue, elle finit par détourner les yeux en tressaillant.

— Ton amie est responsable de tout, dit-elle avec amertume. Si je n'avais pas été arrêtée, je serais allée à la pharmacie. J'avais *vraiment* l'intention d'y aller.

Étrangement, Viktor se souciait peu qu'elle mente ou non. De toute façon, Rozalia n'était pas aussi innocente qu'elle le paraissait. Il demeurait en effet persuadé que leur étreinte n'avait eu qu'un seul but : le convaincre de lui céder la boucle d'oreille.

Elle n'avait toutefois pas profité plus que cela de la situation. Au lieu d'insister, elle était partie en furie au beau milieu de la nuit, feignant l'indignation. Alors qu'en réalité elle jouait la comédie.

Lorsqu'il avait demandé à son personnel d'appeler la police, il avait exulté en secret à l'idée d'avoir un prétexte pour revoir Rozalia. Puis il avait été choqué d'apprendre qu'elle était non seulement innocente, mais en prison par sa faute !

Faisant reporter rendez-vous et réunions, il avait alors tout mis en œuvre pour organiser sa libération, avant de l'emmener dans son refuge, saisissant l'opportunité de passer un peu plus de temps avec elle afin de savoir à quel genre de femme il avait vraiment affaire.

Elle s'était enfermée dans sa chambre et avait dormi si longtemps qu'il avait commencé à s'inquiéter. En attendant son réveil, il s'était occupé de quelques dossiers restés en attente, tout en repensant à la réaction de Rozalia, après leur folle étreinte.

Au bout d'un certain temps, il s'était presque convaincu de s'être trompé sur son compte. Assis là, en face d'elle dans la cuisine du chalet, il avait cherché les mots adéquats pour excuser le comportement de Trudi.

Et maintenant, ce soi-disant oubli…

Mais où étaient les signaux d'alarme qui auraient dû se déclencher en lui ? La colère et le dégoût devant cet acte prémédité de sang-froid ?

Tout cela était annihilé par un sentiment primaire d'orgueil mâle à l'idée que Rozalia pourrait être liée à lui pour toujours. Viktor la connaissait à peine et n'avait pas confiance en elle, pourtant une force barbare, un désir de possession sauvage rugissaient en lui, accompagnés des souvenirs torrides de leur brève expérience sensuelle et de la volonté farouche de la renouveler.

— Si tu portais mon enfant, le garderais-tu ? demanda-t-il d'un ton faussement détaché.

Une myriade d'émotions se succédèrent sur les traits fins, telles les multiples nuances de l'opale. Le choc, la crainte et la timidité, la culpabilité – l'impuissance, aussi. Puis une expression apaisée envahit soudain le visage ovale, toute de tendresse et de désir.

Un tel étalage de sentiments et de vulnérabilité n'aurait pas dû le fasciner, mais ce fut le cas. Viktor sentit ses défenses s'ébranler. Les murs de protection érigés avec soin au fil des années se fissurer.

— Oui, je voudrais garder *mon* enfant, dit-elle d'une voix douce.

Son cœur lui martelait les côtes, mais il sourit. Ce fut plus fort que lui.

— Et le mien ?
— Je ne comprends pas où tu veux en venir.
— Non, bien sûr.

Elle le dévisagea en plissant le front.

— Sous-entendrais-tu que je voudrais garder cet enfant parce que tu es riche ? Que j'ai couché avec toi avec cette idée en tête ?
— Dans quel but l'aurais-tu fait, sinon ?

Le souvenir de la première fois qu'il l'avait pénétrée rejaillit dans son esprit. Elle avait laissé échapper un petit cri avant de soupirer d'aise, réveillant ses instincts les plus protecteurs.

— J'ai été emportée par la passion, répondit-elle crânement. Cela ne m'était encore jamais arrivé.

Pas question de lui révéler qu'il avait vécu la même chose. Pour la première fois de sa vie. Il faut toujours se garder de confondre intimité sexuelle et sentiment. Viktor le savait.

Elle fouilla son regard, comme pour y chercher la réponse aux questions qui la hantaient, puis redressa le menton.

— Et toi ? Pourquoi as-tu couché avec moi ? Parce que j'étais là, disponible et consentante ? De mon côté, j'étais attirée par toi, au moins. J'ai bien dit *j'étais*, insista-t-elle en se levant.

D'un geste brusque, elle rassembla son assiette et ses couverts. Elle tentait de se protéger, comprit Viktor. De sauver la face. Aussi ne se sentait-il nullement offensé par son attitude. Et puis, son ego en avait vu d'autres. Cependant, il ne put faire autrement que de lui saisir le poignet pour l'empêcher de se détourner.

— Tu voudrais me faire croire que tu as perdu tout contrôle à cause de l'intensité du plaisir qui t'a submergée ?

Il *désirait* le croire, réalisa Viktor.

Les lèvres pulpeuses tremblèrent, puis elle redressa de nouveau le menton.

— C'était toi, l'amant expérimenté, et tu as oublié d'utiliser un préservatif. Vas-y, continue, fais-moi passer pour une intrigante, une créature bassement intéressée, mais dans ce cas, cela fait de toi un imbécile, pour ne pas dire un pigeon. C'est ce que tu es ?

Cette fois, la pique fit mouche. Il s'était fait *pigeonner* autrefois, le terme n'était pas abusif. Et s'était bien juré que cela ne lui arriverait plus jamais.

Se levant à son tour, il prit le visage de Rozalia entre ses mains et la regarda dans les yeux.

— Tu as sombré dans la passion ? demanda-t-il d'une voix rauque. C'est cela que tu es en train de me dire ? Vérifions l'intensité de la chose, d'accord ?

Les pupilles des yeux noisette se dilatèrent. Et pas à cause de la peur. Rozalia ne tenta ni de reculer ni de le repousser. Elle se contenta de rester immobile, comme envoûtée par son regard. Viktor sentait le désir exsuder du corps mince et souple, en réponse à celui qui le dévorait.

Incapable de résister, il referma la bouche sur la sienne et fut aussitôt grisé par le bouquet de senteurs printanières, par le goût unique et enivrant de Rozalia.

L'attirant contre lui, il caressa la nuque délicate d'une main tandis que l'autre trouvait un sein doux et ferme. Le mamelon durci frémit dans sa paume à travers l'étoffe. Il le titilla, le cajola, recueillant avec ravissement les petits soupirs de Rozalia dans sa bouche… Lorsque soudain, l'assiette et les couverts tombèrent sur le sol pavé à grand fracas.

Rozalia laissa échapper un halètement et recula d'un bond.

Viktor portait des mocassins, elle était pieds nus. Il la souleva dans ses bras et pivota sur lui-même pour l'asseoir sur le plan de travail. Puis il se pencha et lui souleva les pieds pour vérifier qu'elle ne s'était pas blessée.

— Je n'ai rien, dit-elle en se dégageant, prête à sauter de son perchoir.

— Reste là, répliqua-t-il.

Après avoir récupéré les couverts, Viktor trouva le balai et la pelle, puis ramassa rapidement les bris de porcelaine. Cela fait, il passa un coup d'éponge sur le sol lorsque Rozalia dit avec calme :

— J'ai couché avec toi parce que je me sentais prête à toutes les audaces et que j'ai cédé à une impulsion, comme une idiote. Mais je ne tiens pas à me ridiculiser une seconde fois, alors je ne souhaite pas répéter l'expérience.

Il se redressa, encore excité par leur baiser. Encore imprégné du goût délicieux de sa bouche, de la sensation de leur langues enlacées, du mamelon gonflé réagissant à la moindre caresse de ses doigts.

— Ah bon ? fit-il en haussant un sourcil.

Incapable de soutenir le regard de Viktor, Rozalia s'éclaircit la gorge et s'agrippa au plan de travail en marbre.

— Mon but n'était pas de tomber enceinte de toi. Je vais aller au village dès que tu me laisseras descendre de ce perchoir. Il y a forcément une pharmacie, non ?

— Si cela s'appelle la pilule du lendemain, c'est parce qu'elle est destinée à être prise le plus rapidement possible après un rapport sexuel non protégé, répliqua-t-il d'un ton laconique. Alors il est un peu tard pour réagir. Et puisque tu as dit que si tu étais enceinte, tu garderais l'enfant…

— Cela ne veut pas dire que je désire… *avoir* un enfant, l'interrompit-elle, luttant contre la panique qui l'envahissait.

Je ne veux pas être accusée d'avoir planifié délibérément une grossesse, Viktor. C'est toi qui as…

— Je sais ce que j'ai fait, ou plutôt ce que j'ai *omis* de faire, coupa-t-il à son tour, péremptoire. Je me suis moi aussi laissé emporter par la passion. D'ordinaire, j'ai assez de jugeote pour ne pas prendre de risques stupides, qu'il s'agisse de ma santé ou de tout le reste.

Par « tout le reste », il entendait ce chalet, ses possessions, sa réputation, sa fortune, sa famille, comprit Rozalia.

— Je ne fuirai pas mes responsabilités, conclut-il en jetant le contenu de la pelle dans la poubelle.

Quand, après s'être lavé les mains, il se retourna et lui tendit le bras pour qu'elle s'y appuie, Rozalia se laissa glisser au bas de son perchoir.

— Nous nous sommes laissé emporter tous les deux, dit-elle.

Elle posa la main sur son ventre.

— Si jamais je me révèle enceinte, tu n'auras pas à en endosser la responsabilité.

— Ne sois pas naïve, Rozi.

La façon dont il se servait désormais du diminutif utilisé par Gizi et sa famille la déconcertait et la rassurait en même temps. Dans la bouche de Viktor, ces deux syllabes prenaient un accent différent. Plus intime, plus sensuel.

— Je ne suis pas naïve, protesta-t-elle.

— OK. Quoi qu'il en soit, nous attendrons ensemble de savoir si la nuit que nous avons passée tous les deux a eu des conséquences.

— Il n'y a pas de *nous*. Bientôt, je serai de retour à New York.

— Si tu es enceinte, tu ne repartiras pas en Amérique, déclara-t-il avec une assurance époustouflante. Tu resteras ici et tu m'épouseras.

6.

— Tu as perdu l'esprit ? Je dois absolument rentrer à New York ! protesta Rozalia en le suivant dans la grande pièce à vivre. Quoi qu'il arrive, je prendrai l'avion vendredi comme prévu. Mon oncle m'attend à l'atelier lundi matin.

— Tu vas devoir changer tes plans et rester ici jusqu'à ce que nous sachions si tu es enceinte ou pas. Quand devrais-tu en avoir le cœur net ?

Rozalia fronça les sourcils.

— Dans environ… dix ou douze jours.

Un frisson la traversa. Ils avaient fait l'amour durant la période la plus risquée.

— Évidemment, fit-il, cynique.

Mais il y avait une lueur de *satisfaction*, dans son regard.

— C'est bien pour cela que je ne veux pas rester là à *attendre*, riposta-t-elle. J'étais vierge. J'ai couché avec toi et quelques heures après, j'ai été arrêtée. Ensuite tu m'as emmenée dans cet endroit isolé. Mais tu continues à m'accuser d'avoir cherché délibérément à t'attirer dans un piège. Je ne veux pas me retrouvée liée à un homme qui me prend pour une femme intéressée.

— Je refuse de croire que j'aie pu être faible au point de te laisser profiter de moi, répliqua-t-il avec impatience. Mais peu importent tes motivations. J'ai commis une erreur en couchant avec toi sans prendre mes précautions. Je ne peux pas tourner le dos aux éventuelles conséquences de cet acte inconsidéré. Alors tu restes ici jusqu'à ce que nous sachions à quoi nous en tenir.

— Tu serais vraiment prêt à épouser une femme en qui tu n'as aucune confiance ?

— Ne le prends pas personnellement. Je n'ai confiance en personne.

— Tu n'éprouves pas le moindre respect à mon égard ! insista-t-elle.

— J'ai plus d'estime pour toi que pour Trudi, répondit-il avec une moue de mépris.

— Je devrais sans doute être flattée rétorqua Rozalia avec hauteur. Alors que cette femme a…

— Que *veux*-tu, Rozalia ? l'interrompit-il, excédé. Je te répète que je n'ai pas l'intention de fuir mes responsabilités, alors je ne comprends pas pourquoi tu…

— Il n'est pas question que je me retrouve dans une situation proche de celle qu'a vécue ma grand-mère ! Dire que ma cousine et moi, nous nous étions promis de ne pas coucher avec un homme avant d'être certaine que c'était le bon !

— J'ai dit que je t'épouserais.

— Tu parles !

— Pardon ? fit-il, l'air offusqué. D'après ce que j'ai cru comprendre, tu n'as pas grandi dans le luxe. Notre mariage t'apporterait la sécurité et le confort matériel.

— C'est bien ce que je veux dire ! Tu crois que mon seul but est de m'enrichir, de profiter de toi, alors que c'est complètement faux ! Qu'ai-je fait pour t'amener à croire que je m'intéresse uniquement à ton argent ?

— En dehors de cette potentielle grossesse ?

Rozalia leva les yeux au ciel, à bout de patience et d'arguments.

— Tout le monde agit par intérêt, poursuivit-il, implacable. Certains sont en quête d'avancement professionnel, d'autres, parmi les plus dévoués, sont motivés par une hausse de salaire. Même ma mère espère s'élever socialement grâce à mon mariage. Je serais vraiment stupide de croire que tu m'as offert ta virginité en échange d'un orgasme.

— Désolée de te contredire, mais à mon avis, c'est la meilleure chose à espérer d'une première fois, riposta-t-elle. Qu'attendais-tu de moi ? Un peu de nouveauté dans ta vie sexuelle bien remplie ? De quoi s'agit-il vraiment, Viktor ? Où est le problème ? Tu penses que j'ai investi davantage dans notre transaction et tu crains de t'être fait avoir ?

Il serra les mâchoires.

— C'est ça, hein ? demanda-t-elle, suffoquée. Écoute, je t'ai offert ma virginité parce que je le désirais. Alors accepte mon cadeau. Ce n'est pas un piège. Essaie de comprendre que j'ai passé la majeure partie de ma vie à travailler dur pour arriver là où j'en suis professionnellement. Avoir ma place dans l'atelier familial a toujours été mon seul désir, mon seul but. Alors je ne prendrais jamais le risque de perdre mon travail. Si j'étais enceinte, je resterais ici, bien sûr, et j'élèverais mon enfant à proximité de son père. Mais tu crois vraiment que j'ai envie de perdre ce que j'ai acquis grâce à mon travail ? Que je pourrais désirer élever mon enfant loin de ma famille ? De ma mère ?

Envahie par une émotion incontrôlable, Rozalia se mordit la lèvre et tourna les yeux vers la baie vitrée. Sa vie entière tenait en équilibre au-dessus d'un gouffre, comme ce chalet.

— Je ne suis pas en train de rêver à la façon dont je dépenserais ton argent, Viktor, reprit-elle d'une voix rauque. Je suis terrifiée à la pensée d'avoir peut-être fichu ma vie en l'air et de ne jamais réussir à retrouver mon équilibre.

Silence. Un silence mortel qui renforçait son sentiment d'isolement, de nostalgie envers sa vie à New York, sa famille, l'atelier. Gizi…

Le téléphone de Viktor vibra, la faisant se retourner.

— C'est ma mère. Je prends l'appel dans mon bureau. Profites-en pour passer tes coups de fil.

Autrement dit : *Occupe-toi de ton billet d'avion. Et préviens ton oncle et ta famille que tu prolonges ton séjour.*

Comme il s'y attendait, Viktor dut supporter les récriminations de sa mère. Elle était *très* inquiète de le voir passer *autant* de temps avec l'Américaine qui avait attiré l'attention des paparazzis, non seulement en s'affichant avec lui, mais en se retrouvant *arrêtée pour vol*.

Après lui avoir fait remarquer que le vol en question était en réalité l'œuvre de Trudi, il ajouta d'un ton détaché :

— Si tu préfères que je divulgue cette information, pas de problème, je m'en occupe tout de suite.

Changeant de tactique, sa mère lui reprocha alors d'avoir emmené Rozalia au chalet.

— Si Trudi ne te convient pas, enchaîna-t-elle, je connais une jeune femme *très* charmante qui…

— Je n'ai plus besoin de ton aide, mère, coupa-t-il d'une voix ferme.

— Tu ne vas pas épouser cette fille ! Lorsque Gisella Drummond a pris contact avec moi, je me suis renseignée. Elle, passe encore. Je pourrais l'accepter – à condition qu'elle ne soit pas ta cousine, évidemment. Mais cette Rozalia Toth ? Jamais de la vie ! C'est une vulgaire prolétaire.

Il ne mentionna pas l'éventualité que le futur héritier Rohan puisse être déjà en gestation dans le ventre de la susnommée prolétaire. Il savait comment réagirait sa mère : elle dirait qu'il s'était fait avoir comme un gamin. Ou un imbécile.

Était-ce le cas ? Viktor se sentait partagé entre la certitude – acquise au prix fort quelques années plus tôt – que personne n'est digne de confiance, et l'impression plus viscérale que Rozi ne mentait pas en affirmant qu'elle avait succombé au désir.

Pourquoi ne pas la croire, puisqu'il y avait succombé lui-même… ? À ce désir incontrôlable auquel il brûlait de céder à nouveau. Encore et encore.

Quant à l'épouser… Il avait toujours pensé se marier un jour, mais sans être pressé de passer à l'acte. Voulait-il de l'enfant qu'elle portait *peut-être* ? Oui, sans la moindre hésitation. En théorie. Ce qu'il désirait partager avec Rozi était beaucoup plus concret. Plus primaire. Et s'il fallait en passer par là pour satisfaire ce désir, il était prêt à l'épouser. C'était aussi élémentaire, aussi ridicule que cela.

De son côté, elle paraissait réellement anxieuse à la perspective de devoir l'épouser. Ce que, en dépit de son cynisme invétéré, Viktor pouvait comprendre. Parce que s'ils se mariaient et fondaient une famille, sa vie à elle serait chamboulée de façon plus radicale que la sienne.

Il le comprenait si bien que, pressé de retrouver Rozalia, il prit congé de sa mère. Mais, en ne la trouvant pas dans la pièce où il l'avait laissée, il commença à s'inquiéter.

Ses affaires étaient toujours dans sa chambre, la porte ouverte. Par conséquent, elle ne devait pas être bien loin.

Il explora le reste de la maison, vérifia que la voiture se trouvait au garage. Comme souvent dans cette région montagneuse, le temps avait brusquement changé et la pluie tombait maintenant à verse. Si elle était allée se promener, elle devait déjà être trempée. Ou s'était perdue.

Au moment d'enfiler sa veste imperméable pour partir à sa recherche, Viktor l'aperçut sur la véranda, pelotonnée dans l'un des grands fauteuils en rotin.

D'un mouvement gracieux, elle se leva soudain et rentra dans la maison, son carnet de croquis sous le bras, un mug vide à la main et l'air absorbé. Dès qu'elle aperçut Viktor, elle le dévisagea en silence.

Si elle jouait la comédie, elle était vraiment très douée. Elle réussit même à rosir avant de baisser les yeux.

— Il commence à faire froid, dit-elle d'un ton crispé.

— Tu as passé tes coups de fil ?

— Je ne sais pas quoi leur dire, fit-elle avec un haussement d'épaules.

— Dis-leur que tu as rencontré quelqu'un et que tu restes pour voir comment cette relation évolue.

Ce n'était pas faux.

— Nous *attendons*. Nous n'avons pas de *relation*.

— Nous faisons les deux. Ma mère ne pourra se rendre à Venise comme prévu. Nous irons à sa place. Nous partirons demain matin.

— Je ne peux pas quitter la Hongrie.

— Par un vol commercial, cela risquerait d'être compliqué, en effet. Mais avec moi, il n'y aura aucun problème.

— Jouer les vedettes, ce n'est pas vraiment mon style, Viktor. Et puis, si nous nous affichons ensemble, ça risque de faire jaser, non ?

— Les rumeurs ne me dérangent pas. Au contraire. Le nom de Trudi cessera définitivement d'être associé au mien.

— Vas-y avec une autre de tes petites amies, alors.

— Pourquoi réagis-tu de façon aussi négative ? Nous devons anticiper les événements. Si tu es enceinte, il faudra que ta grossesse ait l'air d'avoir été planifiée, dans le cadre d'une relation existante et bien établie. Tu n'es pas interchangeable avec n'importe quelle autre femme.

La vérité contenue dans ces paroles le frappa si profondément, il y avait quelque chose de si inéluctable dans ce constat, qu'il ne put réprimer un tressaillement.

— Tu n'auras qu'à sourire en écoutant un ministre ou un autre nous féliciter de restituer le tableau qui n'aurait jamais dû quitter Venise.

Viktor baissa les yeux sur le carnet de croquis.

— L'art, c'est ton domaine, non ? Par conséquent, tu seras en terrain familier.

Les yeux brillants, elle serra farouchement son carnet contre sa poitrine.

— Tu crains que je ne te le prenne ? Tu n'as pas confiance en moi ? demanda-t-il, interdit.

Pourquoi cette pensée le choquait-il, bon sang ?

— Tu en serais bien capable, déclara-t-elle avec dédain. À supposer que tu sois intéressé par les sujets qui me passionnent, ce qui n'est pas le cas, j'en suis convaincue.

— Pourquoi es-tu sur la défensive ? Craindrais-tu les critiques ?

— Je ne suis pas susceptible, murmura-t-elle en lui tendant son carnet.

Elle s'avança pour poser son mug sur un guéridon.

— Avant de passer à la réalisation d'un projet, je montre souvent mes croquis à Gizi et à mon oncle pour leur avoir leur avis. Mais la plupart des dessins qui sont dans ce carnet ne sont pas destinés à être vus. Je dessine quand j'ai besoin de réfléchir.

— C'est une sorte de journal ? questionna-t-il avec curiosité.

Pour toute réponse, il eut droit à un nouveau haussement d'épaules.

Ouvrant le carnet, Viktor découvrit des croquis de champignons, de paysages, d'oiseaux. Certains n'étaient que des esquisses, d'autres, plus aboutis, la préfiguration d'un éventuel bijou. Il contempla les ébauches audacieuses de broches, de pendentifs, de boucles d'oreilles et de bracelets, aux formes et motifs inspirés de la nature, tout en contrastes ou complémentaires.

Sur les dernières pages s'étalaient des paysages vus de la véranda. La brume flottait au-dessus du lac, le nimbant d'une aura mystérieuse. Ensuite, il eut la surprise de voir son propre profil, esquissé en quelques traits austères qui firent frémir quelque chose en lui.

Alors qu'il cherchait à connaître la vraie Rozalia, elle l'avait mis à nu en quelques coups de crayon.

Incapable d'exprimer ce qu'il avait ressenti devant son travail, Viktor lui rendit le carnet.

— Tu es très douée.

— Ce ne sont que des gribouillages. Et cette fois, dessiner ne m'a pas aidée. Quoi que je lui dise, ma mère ne comprendra pas que je puisse envisager de développer une relation avec un homme vivant aussi loin de New York.

Elle glissa son carnet sous son bras et demanda :

— Comment s'est passée ta conversation avec la tienne ? Comment va ta grand-tante ?

— Elle s'est tordu la cheville en jardinant. C'est moins grave que nous ne le craignions : une entorse et quelques bleus.

— Elle a l'air d'être encore très active. Elle a à peu près le même âge que ma grand-mère, non ? Mamie a quatre-vingt-un ans.

— Bella Néni aussi et, oui, elle est très alerte pour son âge. Elle a quelques employés de maison, mais les années ne semblent pas exercer de prise sur son dynamisme. Elle est aussi autonome que moi, conclut-il avec humour.

Il faisait allusion au fait que, rien que pour ce chalet, il employait probablement plus de personnel que sa grand-tante, pourtant bien plus âgée que lui.

— Je pourrais la rencontrer ?
— Pourquoi ?
— Parce que je suis venue en Hongrie pour en savoir davantage sur l'histoire de ma famille. J'aimerais aussi parler avec ta mère, si elle veut bien. Surtout maintenant que tu as accusé ma grand-mère d'avoir volé les boucles d'oreilles. Je tiens absolument à éclaircir cette affaire.

Viktor n'hésita pas longtemps.

— Change ton billet d'avion et accompagne-moi à Venise. Je t'emmènerai voir Bella dès que notre emploi du temps le permettra.

7.

Un éclair zébra le ciel, suivi d'un coup de tonnerre retentissant. Rozalia resserra le plaid sur sa poitrine mais ne quitta pas la véranda.

Qu'est-ce que la nature cherchait à lui dire ?

Idéaliste, elle voulait croire que tout irait bien, qu'il y avait de la bonté en chacun des êtres qui l'entouraient. Elle *devait* le croire, sinon elle aurait été incapable de faire face à la cruauté et à la rudesse de ce monde impitoyable.

Cependant, elle n'aurait jamais imaginé se retrouver là avec Viktor. Et elle se serait encore moins attendue à devoir peut-être envisager de l'épouser. Elle avait toujours compté se marier par amour. Elle désirait avoir des enfants et les élever dans un environnement stable et confortable. Elle avait toujours souhaité qu'ils ne manquent de rien. Mais sans jamais espérer se marier avec un homme comme Viktor, dont l'immense fortune ne remplacerait jamais l'amour d'un mari.

Si elle était enceinte de lui, elle devrait renoncer à ses rêves de mariage d'amour, ce qu'elle avait du mal à accepter. Allaient-ils vivre une version revue et corrigée de l'histoire d'Istvan et d'Eszti ?

Viktor finirait-il par l'aimer ?

Quelle idiote ! Un nouvel éclair illumina le ciel d'encre avant de laisser à nouveau la place à la noirceur. Était-ce un avertissement ? Une injonction à renoncer à ses illusions ?

Viktor n'était pas méchant, mais ténébreux, fermé. Et il

ne paraissait pas prêt à ouvrir son cœur. Depuis leur étreinte passionnée, il ne lui avait témoigné que de la méfiance. Et il ne changerait peut-être jamais. Dans ces conditions, elle ne pouvait pas l'épouser.

Mais si elle portait son enfant, aurait-elle le choix ?

Et dans le cas contraire, si elle n'était pas enceinte, repartirait-elle à New York sans aucun espoir de jamais le revoir ?

— Tu te sens bien ici.

La voix profonde et familière la fit sursauter, et lorsque Viktor vint s'arrêter à côté d'elle, Rozalia frissonna tout entière. De désir, pas de froid.

J'aurais au moins cela, songea-t-elle. Mais la passion, le sexe, ce n'était pas de l'amour. Cela ne suffisait pas à construire une union solide.

S'apercevant qu'il tenait une torche électrique à la main, elle lui demanda :

— Il y a une panne de courant ?

— Oui, acquiesça-t-il avant d'éteindre la torche.

Nouvel éclair. Nouveau coup de tonnerre. Si violent que Rozalia tressaillit et se rapprocha d'instinct de Viktor.

— N'aie pas peur, dit-il tranquillement en lui passant le bras autour des épaules pour l'attirer contre lui. Nous ne craignons rien, ici.

Sa chaleur virile la rassurait. Avec Viktor, elle se sentait effectivement en sécurité.

— Tu crois au destin ?

— Non, pas du tout, répondit-il sans hésitation. Je crois aux opportunités. Il faut être vigilant et savoir les saisir parce qu'on ne peut pas savoir si elles se représenteront une seconde fois.

Poussée par le vent, la pluie les atteignit, mouillant le visage de Rozalia en même temps que le tonnerre résonnait au loin.

— Si je suis enceinte, ce bébé ne sera jamais pour moi

une *opportunité*, déclara-t-elle fermement. J'ai toujours souhaité que mes enfants soient le fruit de l'amour. Pas toi ?

Viktor était-il seulement capable d'aimer ?

Quand il exhala un long soupir, Rozalia comprit qu'elle n'allait pas apprécier sa réponse.

— J'ai pensé autrefois me marier par amour. Je connaissais une jeune femme pour laquelle j'éprouvais des sentiments.

Une douleur vive lui traversa la poitrine, lui laissant une sensation de déchirure dans le cœur. Ce fut si soudain et si intense qu'elle dut faire un effort pour écouter Viktor.

— Elle est morte dans l'accident de voiture qui a coûté la vie à mon frère. C'est à cette occasion que j'ai appris qu'ils entretenaient une liaison. Sa sœur m'a dit au cours des obsèques que c'était moi qu'elle préférait, mais que, jugeant plus sage d'épouser l'héritier, elle avait commencé à fréquenter Kristof derrière mon dos.

— Et lui, ça ne le dérangeait pas ? s'exclama Rozalia, choquée.

— Non. Ma mère l'y a encouragé.

Comment avaient-ils pu faire une chose pareille ? Tous les trois, la jeune femme, le frère et la mère, tous ligués contre Viktor ? Pas étonnant qu'il ne croie ni à l'amour ni à la loyauté. Qu'il n'ait confiance en personne.

— Je suis désolée, Viktor. C'est horrible.

Elle voulut se tourner vers lui, mais le bras passé autour de ses épaules se resserra, l'empêchant de bouger.

— Pourquoi serais-tu désolée ? répliqua-t-il du même ton détaché. Tu n'y es pour rien. Je t'expliquais pourquoi je pense que tout le monde agit par intérêt, même nos proches.

— Tu ne me verras jamais autrement que comme une femme intéressée, réalisa-t-elle à voix haute.

Cette fois, elle réussit à se dégager et se renveloppa dans la couverture.

— Alors que je suis tout sauf ça ! Je te crois lorsque tu dis que tu veux te conduire en homme d'honneur et m'épouser. Mais je ne suis pas éblouie par ton attitude au point de ne pas me rendre compte que tu as beaucoup plus de ressources que moi, et que si tu décidais un jour que je ne suis pas la femme qui te convient et réclamais la garde de notre enfant…

— Je ne ferais jamais cela, coupa-t-il sèchement.

— Viktor, j'apprécie que tu veuilles assumer tes responsabilités, mais un enfant devrait être désiré. Or tu ne veux pas vraiment du bébé dont je suis peut-être enceinte. Je le vois bien.

Il ne voulait pas *d'elle*.

— C'est vrai que, jusqu'à cet… incident, avoir des enfants représentait surtout pour moi une obligation à laquelle je devrais me plier tôt ou tard, après avoir conclu un mariage avantageux.

Rozalia entendit un petit clic en même temps que la torche projetait son faisceau lumineux.

— Viens, rentrons, dit-il. Il fait plus que frais, à présent.

Une fois dans la grande pièce à vivre, il se dirigea vers la cheminée, gratta une allumette, et des petites flammes se mirent aussitôt à danser dans l'âtre.

— Dans le seul but d'étendre l'empire des Rohan ?

Quelle tristesse, songea Rozalia.

— Oui, répondit-il en se redressant. Mais quoi que je fasse, ma mère sera à l'aise jusqu'à la fin de ses jours. Bella est fortunée elle aussi. Par conséquent, je suis libre de prendre les décisions que je veux en ce qui me concerne.

Il se tenait devant le feu, le dos tourné.

— Et je ne ressens aucun désir – dans tous les sens du terme – de procréer avec une femme qui partagerait mon lit uniquement parce qu'elle correspond aux critères établis par ma mère, sur le plan financier et social. Nous n'avons pas les mêmes goûts.

Il tourna la tête vers Rozalia, l'air presque… malicieux.

— Comme c'est étonnant…, rétorqua-t-elle avec une pointe d'ironie. Mais néanmoins, tu ne veux pas de moi.

— Ah… ? fit-il en plissant les yeux.

— Je ne parlais pas de sexe, murmura Rozalia.

Viktor déposa une plus grosse bûche sur le feu, puis se passa les mains sur les cuisses avant de se retourner vers elle.

— Moi non plus. Ou du moins, pas seulement. Ma mère ne s'est pas souciée d'élever ses enfants. Ni de leur éducation. Elle laissait cela aux gouvernantes. Depuis que j'ai atteint l'âge adulte, elle et moi entretenons ce que j'appellerais une relation d'affaires. Celle que j'ai eue avec mon père était du même acabit. Il s'intéressait à mes résultats scolaires dans la mesure où il y voyait ma capacité à réussir dans son monde – celui des affaires –, mais sans jamais en retirer aucune fierté.

— Et ton frère ?

— Je le croyais mon meilleur ami, répondit Viktor après un léger silence.

Jusqu'à ce que Kristof lui prenne sa fiancée et meure avec elle dans un tragique accident, songea Rozalia, le cœur serré.

Tirant deux chaises devant la cheminée et les plaçant dos à dos, elle déploya la couverture sur ce séchoir improvisé, puis alla s'installer sur le divan.

— Je ne serais pas comme ta mère, commença-t-elle. Ma famille est très unie. Je ne pourrais jamais envisager de ne pas m'impliquer totalement dans la vie de mes enfants.

— Je sais. C'est pour cela que je laisse faire les choses.

— Mais je veux une vie épanouissante, insista Rozalia. Avec un homme que j'aime et qui désire avoir des enfants autant que moi.

— Je m'efforcerais d'être un meilleur père que celui que j'ai eu, Rozalia.

Il était si tendu, tout à coup, si raide, qu'elle s'attendrit malgré elle. Au fond, c'était elle la plus riche des deux, comprit-elle soudain.

Ce constat la terrifia et l'exalta. Parce qu'elle prenait conscience de posséder un trésor dont il avait besoin. Un cœur. Et son éducation ne pouvait que la pousser à l'ouvrir à Viktor. À le lui offrir.

— Il y a du réseau ? demanda-t-elle.
— La ligne fixe fonctionne.
— Je vais appeler ma mère.

Plus tard dans l'après-midi, Viktor entra dans la suite avec terrasse du *palazzo* qui donnait sur le Grand Canal et toqua à la porte de la chambre.

— Je suis rentré. Tu veux boire quelque chose, Rozi ?

Durant le voyage, elle était demeurée pensive. Lui aussi avait gardé le silence. La veille, il s'était livré bien plus qu'il n'en avait eu l'intention. Mais peut-être que ces confidences avaient contribué à persuader Rozalia de prolonger son séjour et à l'accompagner à Venise sans plus protester. Elle avait même exprimé de l'intérêt pour la peinture qu'il restituait au musée, avant de décliner sa proposition de faire venir un styliste, préférant choisir elle-même une robe parmi celles que Viktor avait sélectionnées pour elle. Ensuite, ils pourraient *s'afficher* ensemble. Quelle médiocre expression pour traduire la relation complexe qu'ils avaient développée en si peu de temps.

— Je ne peux pas boire d'alcool tant que je ne sais pas si je suis enceinte ou non, lui rappela-t-elle en ouvrant la porte.

— Tu es déjà prête, dit-il, stupéfait.

Et elle s'était préparée avec le plus grand soin, constata Viktor avec un sentiment d'orgueil. Non qu'il ait jamais été attiré par les femmes tirées à quatre épingles. Il appréciait les décolletés et les hauts talons, certes, mais à ses yeux les robes haute couture et les maquillages sophistiqués, les coiffures extravagantes, constituaient davantage une armure… nécessitant des heures de préparation.

— Je viens d'une famille de six enfants et nous avions une seule salle de bains. Je sais me préparer en un temps record.

En effet… La robe mauve n'avait vraiment rien d'extraordinaire, mais elle mettait en valeur sa silhouette mince et ses douces rondeurs féminines, ainsi que sa personnalité. Rozalia avait lissé ses cheveux en arrière sur le dessus de la tête et les tempes, les laissant tomber en une cascade de boucles brunes sur une épaule, dévoilant une délicate oreille ornée d'un anneau d'or. Côté maquillage, elle avait choisi des nuances sobres et naturelles pour les paupières, et du gloss couleur chair pour les lèvres, les rendant ainsi encore plus charnues et sensuelles. Et plus désirables.

Elle ne ressemblait ni de près ni de loin aux créatures sophistiquées qu'il fréquentait d'habitude. Elle était une femme bien vivante, chaude, vibrante et fascinante. Et si elle n'avait paru aussi embarrassée, craignant sans doute sa désapprobation, il n'aurait pu résister au désir de la toucher.

— Tu es ravissante, dit Viktor avant de se détourner pour aller se verser un whisky.

— Merci, murmura-t-elle en le rejoignant, un petit sac brodé de paillettes argentées à la main. Il n'est pas l'heure de partir ?

— Je prévois toujours une marge, mes partenaires habituelles étant beaucoup moins rapides que toi à se préparer…, fit-il avec humour.

Il versa du jus d'orange dans un verre et le lui tendit.

— Et puis, cela nous laisse le temps d'aller échanger cette petite chose si elle ne te plaît pas, enchaîna-t-il en sortant de sa poche un écrin recouvert de velours grenat.

— Cela vient de la boutique d'en bas ? demanda-t-elle en plissant le front, l'air pas ravi du tout. C'est un prêt, j'espère ?

Sa réaction le désarçonna. Il se montrait toujours généreux et était accoutumé à des réactions plus… enthousiastes.

— Je l'ai achetée. Ils ont très bonne réputation.

Elle soupira, l'air excédé.

— Tu sais bien que, dans un endroit comme celui-ci, tu paies le double de sa valeur réelle la moindre bagatelle, non ? Promets-moi que, quoi qu'il arrive entre nous, tu demanderas maintenant l'avis de Barsi on Fifth avant de faire ce genre d'achat, OK ?

Quand elle souleva le couvercle, elle laissa échapper un son qui le fit tressaillir intérieurement.

— Je leur ai dit que nous sortions et que je voulais quelque chose qui ne passe pas inaperçu.

Il voulait que le monde entier sache qu'elle comptait pour lui. Et qu'elle aussi le sache. Mais manifestement il avait raté son coup en ce qui concernait Rozalia.

— Et je pensais sincèrement qu'il t'irait bien, ajouta-t-il.

— Ce type de bijou irait bien à n'importe qui. À un mannequin, dans une vitrine.

Sur ce commentaire peu flatteur, elle sortit sa loupe de son sac et pencha la tête.

— Tu te balades avec ça ?

— Smartphone, carte de crédit, loupe, baume à lèvres, passe pour le bus, énuméra-t-elle. Côté taille et pureté, c'est pas mal. Mais ça pourrait être mieux. Ça *devrait* l'être.

Elle redressa la tête.

— Je peux aller leur parler ?

Décidément, elle réussissait toujours à le surprendre…

— Tu comptes faire une scène ? s'enquit Viktor avant de boire une gorgée de whisky.

— Quand je passe un savon à quelqu'un, je le fais si gentiment que l'on s'en rend à peine compte.

Rozalia sortit de la boutique de luxe du palace vingt minutes plus tard, ravie de son beau et très intéressant collier de platine serti d'améthystes.

Viktor lui en voulait-il ? Se sentait-il offensé par son rejet du collier de diamants choisi pour elle ? Impossible à dire.

Il leva les yeux de son smartphone, fixa le collier, puis soutint son regard, l'air impassible.

— Je suis d'accord, dit-il d'un ton neutre.

Ce paternalisme agaça quelque peu Rozalia, mais elle s'abstint de le lui montrer. D'autant que le directeur de la boutique arriva sur ces entrefaites et présenta ses excuses à Viktor, lui assurant qu'il serait intégralement remboursé pour son achat et qu'il ne lui devait rien pour le nouveau collier choisi par Mlle Toth.

Dès que l'homme affable se fut éclipsé, Viktor demanda à Rozalia :

— Ne me dis pas que tu as payé ce collier ?

— Nous avons passé un accord. Je t'expliquerai dans la voiture.

Une fois installée à côté de lui à l'arrière de la limousine noire, elle tourna la tête vers Viktor.

— Je lui ai promis de le mettre en relation avec mon oncle. Ils pourraient s'arranger pour que celui-ci lui fasse parvenir quelques-unes des plus belles pièces de notre collection. Barsi on Fifth est toujours ravie d'étendre sa réputation au-delà des frontières – et prête à saisir les *opportunités* qui se présentent lorsque celles-ci sont intéressantes, acheva-t-elle en souriant.

— Que lui as-tu dit pour qu'il s'excuse après avoir perdu une vente qui aurait payé son bail pendant des mois ?

— Oh ! je lui ai expliqué que c'était ta faute, que tu aurais dû parler de mon lien avec la famille Barsi, et que je ne doutais pas un seul instant que, s'il avait su que nous nous rendions à une soirée ayant lieu dans un musée, il t'aurait présenté quelque chose de plus artistique et de moins onéreux.

Viktor baissa les yeux sur le collier.

— C'est l'œuvre d'une jeune créatrice locale, poursuivit Rozalia. Elle démarre, mais elle a réussi un équilibre pas évident du tout. La chaîne ne glissera pas, en dépit de l'asymétrie du collier qui fait qu'il supporte presque toutes les pierres du même côté. Je suis très impressionnée et dirai à tout le monde que notre cher directeur a vraiment l'œil pour repérer les nouveaux talents.

— Il a l'œil, ou c'est toi qui lui as fait remarquer le talent de cette jeune créatrice ?

— Tu m'en veux, Viktor ? Les diamants, ce n'est pas pour moi. J'aurais eu l'impression d'être un mannequin de cire et je n'aurais pas su quoi dire aux gens qui se seraient extasiés devant eux. Ce n'était pas un caprice de diva gâtée.

— Je ne te crois pas gâtée. Ou si, peut-être un peu, dit-il en inclinant légèrement la tête de côté. Je n'avais encore vu personne refuser une petite fortune sous la forme d'un collier de diamants. Mais je dois reconnaître que depuis l'instant où tu es montée dans ma voiture sans même me connaître, tu n'as cessé de me surprendre.

— Tu te moques de moi ? demanda Rozalia, rosissant de plaisir. Autant te le dire tout de suite : je suis une affreuse snob, quand il s'agit de bijoux. Mais, à mon avis, ça me donne confiance en moi.

— Tu viens de remettre à leur place deux hommes qui se croyaient dans le vrai. Et tu dis que tu manques de confiance en toi ?

— Je parlais de mon physique, et de l'impression que je donne aux autres. Côté intellectuel, ça va. Je ne me laisse pas intimider quand je suis sûre de ce que je dis ou pense.

— Qui critique ton physique ? Tu es belle.

Elle secoua la tête, se maudissant d'avoir laissé transparaître son sentiment d'insécurité. Elle s'était résolue à prolonger son séjour jusqu'à ce qu'ils sachent si elle était enceinte ou pas, mais ignorait ce que cela impliquait pour eux en tant que couple. Tout était si incertain, si flou…

Heureusement, ils étaient arrivés à destination, lui évitant de devoir parler de ce qui la préoccupait.

— Je me sens un peu nerveuse, c'est tout, murmura-t-elle.

— Tu te débrouilleras très bien, j'en suis certain, répliqua Viktor en lui prenant la main.

Si seulement elle avait pu partager sa certitude…

*
* *

— Tu m'as menti, dit Viktor en entraînant Rozalia sur la petite piste de danse circulaire. Tu prétends ne pas vouloir attirer l'attention, mais tu aimes faire de nouvelles connaissances et bavarder avec eux. Et tu as l'air très à l'aise.

— Oh ! dès qu'il s'agit d'art, je peux parler jusqu'à en soûler ceux qui m'écoutent ! répliqua-t-elle avec modestie.

C'était loin d'être le cas. Les différentes personnes avec qui elle avait discuté avaient paru suspendues à ses lèvres.

Curieuse de nature, elle savait poser de vraies questions, écouter la réponse avec une attention et un intérêt sincères. Et, de toute évidence, elle se fichait bien du rang social de ses interlocuteurs et interlocutrices.

On les regardait, les épiait. Viktor en avait l'habitude. Son physique et sa position faisaient de lui une cible de choix. Les femmes le dévoraient littéralement des yeux, prêtes à répondre à la moindre invite. Cependant, avec Rozalia à ses côtés, il se sentait détendu alors que d'ordinaire il se tenait en permanence sur ses gardes. Elle aussi attirait les regards, notamment à cause de son rire chaleureux, mais ne paraissait pas le remarquer. Sans être timide, elle s'effaçait rapidement devant les autres. Cela tenait probablement au fait qu'elle venait d'une famille nombreuse. De son côté, il trouvait très agréable d'être en compagnie d'une femme qui ne soit pas obsédée par les compliments et les marques de reconnaissance. Rozalia était qui elle était, telle qu'elle était, et ne cherchait pas à plaire à quiconque.

Incapable de résister au désir de sentir sa peau sous ses doigts, il les laissa glisser sous les boucles soyeuses et se pencha pour lui mordiller l'oreille.

— Viktor, arrête..., murmura-t-elle en frémissant contre lui.

Il redressa la tête et vit une adorable roseur colorer ses pommettes, puis un petit pli creuser son beau front lisse.

— J'ai besoin de savoir, reprit-elle, l'air sérieux, presque sévère. Tu as souhaité que nous nous affichions ensemble, mais s'agit-il uniquement d'une comédie destinée à…

À préparer le terrain si tu es enceinte, acheva Viktor en son for intérieur.

— Destinée à donner le change, poursuivit-elle à la hâte. Cela ne me dérange pas. Je comprends le but de l'opération, mais j'ai besoin de savoir ce que tu envisages… pour notre vie privée.

— C'est à toi d'en décider, répliqua-t-il avec calme. Rien n'est déterminé d'avance, tout est en suspens.

— Oui, je le pense aussi, acquiesça-t-elle avec un petit rire nerveux. D'où ma question. Ton intérêt pour moi n'est que passager, alors je ne veux pas me tromper sur le sens de ton comportement et de ta générosité envers moi.

— Passager ?

Son intérêt pour elle frisait plutôt l'obsession.

— Allons poursuivre cette conversation dans un endroit plus intime, enchaîna Viktor.

Il la désirait. Rozalia le voyait à l'expression tendue du beau visage viril, à la lueur farouche éclairant les yeux gris.

La perspective de se retrouver seule avec lui la rendait nerveuse, mais elle acquiesça d'un hochement de tête avant de le suivre vers leur table pour prendre son petit sac brodé.

Ils n'échangèrent plus un mot avant d'avoir regagné leur suite. Dès qu'il eut refermé la porte, Viktor se dirigea vers le minibar, avant de se retourner vers Rozalia.

— J'oublie tout le temps que tu ne peux pas boire d'alcool.

— Mais toi, tu peux. Alors vas-y, cela ne me dérange pas.

— Ce n'est pas indispensable. J'ai agi par réflexe. Pour me donner une contenance.

Il enfonça les mains dans ses poches, comme pour se rassurer, en effet. Ou rassembler son courage.

— Je n'ai pas l'habitude de me tromper à ce point. J'ai essayé de t'expliquer comment j'avais été amené à croire que tout le monde avait des arrière-pensées, mais je regrette de m'être conduit aussi maladroitement avec toi le premier soir, quand je t'ai emmenée à Kastély Karolyi. Tu as le droit de m'en vouloir à cause de ce que je t'ai dit. Je suis désolé.

— Il ne s'agit pas seulement de cela, Viktor, soupira Rozalia. Je… Merci. J'avais besoin que tu me le dises. Mais parfois j'aimerais bien être aussi cynique que toi. Il m'était déjà arrivé d'être blessée, après avoir compris qu'un homme que je croyais sincère ne l'était pas du tout.

— Qui ? demanda-t-il, l'air presque menaçant.

Pour un peu, elle l'aurait cru jaloux.

— En fait, il y en a eu plusieurs, dit-elle avec un haussement d'épaules. J'ai déjà fait allusion au fait que Gisella attirait tous les regards. Elle n'encourage jamais les hommes à la flatter ou à s'extasier devant elle, mais c'est ce qu'ils font. Plus d'un s'est servi de moi pour l'approcher et je ne m'en suis rendu compte qu'après coup.

Rozalia baissa les yeux, honteuse de s'être confiée ainsi.

— J'essaie de ne pas l'envier, continua-t-elle. Mais j'ai toujours été un peu jalouse d'elle. Surtout quand nous étions plus jeunes. Gizi est fille unique, ses parents ont de l'argent, alors elle pouvait s'offrir tout ce dont elle avait envie. L'ironie de l'histoire, c'est que si elle était là, Gizi dirait qu'*elle* m'a toujours enviée. Ses parents ont divorcé et je t'ai dit qu'elle s'était toujours sentie un peu à part. Nos mères sont demi-sœurs, mais ne se ressemblent en rien. La mienne est très affectueuse, elle nous soutient toujours ; ma tante Alisz est plus distante et les effusions n'ont jamais été son fort. En fait, j'adore Gizi et de toute façon je ne voudrais pas être à sa place – et je crois que c'est réciproque –, mais j'ai vite constaté que les hommes ne voyaient qu'elle et ne faisaient pas attention à moi.

— Ils m'ont l'air bien superficiels, ces hommes que vous fréquentez, toi et ta cousine.

— Certains, oui. Mais j'ai appris à être prudente. C'est entre autres pour cela que j'étais encore vierge lorsque nous

nous sommes rencontrés. Et que j'ai été aussi… déçue après ma première fois.

— Déçue, répéta-t-il, les mâchoires crispées. Je comprends pourquoi tu m'as accusé d'avoir profité de ta stupidité.

— C'est l'impression que tu m'avais donnée, répliqua Rozalia en lui effleurant le bras du bout des doigts.

Il tiqua. Tourna les yeux vers le bar, puis fit une grimace.

— C'est vrai que je pensais que notre relation se limiterait à une soirée, voire une nuit. Et je n'imaginais certes pas que j'allais envisager de t'épouser quelques jours plus tard.

— Je sais. Moi non plus, je n'envisageais rien de tel. Mais surtout je ne m'attendais pas à passer à tes yeux pour une créature bassement intéressée.

Un tressaillement parcourut Viktor. Il ferma brièvement les paupières avant de la regarder en fronçant les sourcils.

— Tu as compris que si nous nous retrouvons dans cette situation, c'est parce que j'ai été submergé par la passion autant que toi, n'est-ce pas ?

Le cœur de Rozalia fit un petit bond. Elle voulait le croire. Elle en avait *besoin*.

— J'ai oublié d'utiliser un préservatif, poursuivit-il. Ce qui ne m'arrive *jamais*.

Il s'interrompit un instant avant d'ajouter :

— Mais tu as raison, j'aurais dû te dire que tu es une femme incroyable. Parce que c'est vrai.

Une vague de plaisir l'envahit, en même temps qu'une petite voix l'enjoignait de ne pas se laisser étourdir par ce compliment inattendu. De ne pas céder à son optimisme à toute épreuve. De se protéger.

— Ensemble, *nous* sommes incroyables, Rozi, déclara Viktor, presque solennel.

Quand il prit son visage entre ses mains, il y avait de la douceur et de la révérence dans son geste.

— Si tu ne crois pas le reste, crois-moi si je te dis que je n'oublierai jamais les instants merveilleux que nous avons partagés cette nuit-là. Quelles qu'en soient les conséquences, ils ne seront jamais anodins pour moi. J'aurais dû te le dire aussitôt après notre fabuleuse étreinte. J'aurais dû…

Lentement, il pencha la tête et, avec une infinie délicatesse, lui caressa les lèvres avec les siennes.

Rozalia était très sensible. Et elle avait toujours préféré le pardon à la rancune. Sans réfléchir, elle s'abandonna à la merveilleuse chaleur de Viktor, s'offrit tout entière à lui, tandis qu'il laissait échapper une plainte étouffée contre sa bouche.

De chaste, le baiser devint passionné. Enfouissant les doigts dans les cheveux épais de Viktor, elle enlaça sa langue à la sienne avec fièvre, le faisant gémir à nouveau.

Il répondit aux caresses de ses lèvres et de sa langue avec la même fièvre, avant de redresser soudain la tête, le souffle court.

— Tu es sûre de toi ? demanda-t-il, la voix rauque de désir. Parce que si tu continues à m'embrasser comme ça, je vais encore perdre la tête.

Rozalia n'était sûre de rien, mais elle voulait croire en lui. Croire dans cette force qui les attirait l'un vers l'autre. Et si jamais Viktor n'avait que cela à lui offrir, si jamais il ne lui ouvrirait jamais son cœur, elle aurait au moins le souvenir de cette passion partagée. Parce que le désir qu'il éprouvait pour elle finirait inévitablement par s'éteindre.

Mais dans l'immédiat…

Se haussant sur la pointe des pieds, elle lui passa les bras autour du cou et l'embrassa. À pleine bouche. La sensation de la puissante érection appuyée contre son ventre la grisait, exacerbait son impatience.

Elle ferma les yeux et gémit contre ses lèvres. Il répondit par une nouvelle plainte rauque, puis la prit par les hanches et la souleva comme si elle ne pesait rien du tout…

— Tu as l'air de savoir ce que tu fais…, murmura-t-il en la serrant contre lui avant de traverser le salon à grands pas.

8.

— On en utilise un, cette fois-ci ? demanda-t-il en ouvrant le tiroir de la table de nuit.

Rozalia se redressa et s'appuya sur un coude.

— Tu avais pensé à tout, je vois…, murmura-t-elle.

— Je suis parfois capable d'optimisme, répliqua-t-il. Je les ai mis dans le tiroir tout à l'heure.

Il ôta sa chemise et la laissa choir dans un fauteuil, avec ce mélange d'assurance et de grâce qui le caractérisait.

Fascinée, elle contempla la peau hâlée, les pectoraux et les abdominaux parfaits…

— J'aimerais être sculptrice, chuchota-t-elle.

— Je préfère que tu me caresses avec tes mains, tes lèvres, plutôt que tu m'examines sous tous les angles d'un œil critique. Et je veux te caresser moi aussi. Partout. Te goûter, te savourer.

Des frissons brûlants parcoururent Rozalia, la faisant fondre. Elle se mit à trembler de la tête aux pieds au souvenir de la volupté qu'il lui avait fait découvrir, l'art avec lequel il l'avait explorée, au plus intime de sa féminité…

— Mais d'abord je veux te voir tout entière, ajouta-t-il d'une voix rauque. Et si je suis trop brutal ou te fais mal, dis-le-moi, surtout.

— J'ai mal quand tu t'arrêtes, susurra-t-elle en rosissant.

— Ne me dis pas des choses pareilles…

Se penchant vers elle, il la souleva de nouveau dans ses bras avant de la reposer sur ses pieds devant lui. Puis il referma les mains sur sa taille et l'attira vers lui en reprenant sa bouche avec passion.

C'était si bon, si fabuleux… Rozalia se laissa entraîner dans le tourbillon de volupté qui se déployait en elle. Elle laissa glisser ses doigts sur les épaules musclées, le dos, le creux des reins.

Lorsque Viktor entreprit de lui ôter sa robe, elle l'y aida, les mains tremblantes de désir et d'impatience. Puis elle se tint devant lui, en soutien-gorge bandeau et petite culotte de soie, portant toujours ses escarpins à hauts talons et son collier d'améthystes.

Il recula et promena son regard incandescent sur sa gorge, son buste, s'arrêta sur son ventre avant de descendre plus bas, jusque ses cuisses…

Rozalia ôta les pinces retenant ses cheveux, puis, gagnée par une audace insensée, elle dégrafa son soutien-gorge et le laissa tomber sur le tapis, à côté de sa robe.

Mon Dieu, la façon dont Viktor la dévorait des yeux, comme hypnotisé… Mais il émergea vite de sa torpeur et referma les paumes sur ses seins offerts, en titilla les pointes durcies sous ses pouces, la faisant haleter.

— C'est trop ? demanda-t-il, les mâchoires crispées. Ou pas assez ?

Il descendit une main sur son ventre, s'arrêta à la lisière de la petite culotte. Les doigts experts se faufilèrent sous la soie, jusqu'au lieu secret où elle se consumait pour lui. Rozalia écarta les jambes pour mieux s'offrir aux ensorcelantes caresses et creusa les reins en fermant les yeux.

La bouche affamée couvrit la sienne, recueillant les gémissements qui montaient de sa gorge, lorsque soudain, une marée de sensations souleva Rozalia. Émerveillée, elle renversa la tête en arrière et s'abandonna à la jouissance en poussant un cri.

Viktor l'embrassa dans le cou, doucement, tendrement. Il lui mordilla l'oreille.

— Tu es déterminée à me faire perdre la tête, hein ? chuchota-t-il.

— *Moi ?* Je *te* fais perdre la tête ?

C'était plutôt l'inverse, non ?

— Je te désire tellement que j'ai un mal fou à me contrôler, avoua-t-il. Alors que je n'ai pas fait le dixième de ce que j'aimerais te faire.

— Je ne sais pas si je pourrais en supporter davantage, répliqua-t-elle d'une voix rauque.

— On va vérifier ça… Allonge-toi.

— Non, j'ai quelque chose à faire avant, murmura Rozalia.

Sans détacher le regard du sien, elle déboutonna la ceinture du pantalon et fit glisser la fermeture Éclair, ravie de voir un éclat sauvage incendier les beaux yeux gris.

Elle fit descendre le pantalon et le caleçon sur les hanches étroites, et baissa les yeux sur la splendide érection. Le simple fait de la regarder l'excitait, l'enivrait.

Doucement, elle caressa la peau fine et douce comme de la soie.

— Viktor, je veux te sentir en moi…

— Tu n'es pas encore prête. Je pourrais te faire mal.

Un petit rire tremblant échappa à Rozalia.

— Je suis plus que prête, au contraire ! Je n'en peux plus d'attendre !

Avec une plainte sourde, il se débarrassa de son pantalon et de son caleçon et s'assit sur le bord du lit.

— Viens là, alors.

Il prit un préservatif et l'enfila, puis installa Rozalia à califourchon sur lui. Un bras passé autour de sa taille, il aspira goulûment ses mamelons l'un après l'autre, en même temps qu'il lui caressait le clitoris.

— Viktor ! Je t'en supplie… Prends-moi, maintenant…

Une sorte de folie s'empara de tous ses sens, son désir réclamait, exigeait l'assouvissement.

— J'ai *besoin* de toi !

Un sourire carnassier dévoila les dents blanches et

régulières tandis qu'il la soulevait par les hanches. Rozalia passa la main entre leurs deux corps et guida la puissante érection en elle, puis se laissa glisser lentement…

Cette fois, il n'y eut aucune douleur, seulement la sensation incroyable de l'avoir en elle. Viktor l'emplissait. Ils ne faisaient plus qu'un.

Tout en l'embrassant, il lui caressa le dos, les reins, avec une douceur exquise. Rozalia instaura un rythme régulier, en harmonie avec le battement de leurs cœurs qui semblaient résonner en écho.

Mais, lorsqu'elle voulut accélérer la cadence, Viktor lui posa fermement les mains sur les hanches.

— Pas encore, chuchota-t-il contre sa bouche.

Il lui caressa les lèvres du bout de la langue, la rendant folle de plaisir, lui donnant envie de hurler. Puis une sensation inconnue l'envahit. Une sorte de félicité, de joie immense, physique et mentale.

Ces instants étaient uniques. Rozalia eut envie de le lui dire, mais toute parole aurait été superflue. Dans les yeux aux reflets argentés, elle lisait le même abandon, le même émerveillement.

Ils vivaient la même expérience, réalisa-t-elle, sidérée. Ils ondulaient ensemble dans une harmonie, un bonheur parfaits. Ils ne faisaient plus qu'un.

La jouissance les emporta en même temps. Les vagues grimpèrent jusqu'à des sommets inouïs tandis qu'ils gémissaient à l'unisson. Éblouie par un flot de lumière blanche, Rozalia poussa un cri et s'accrocha aux épaules de Viktor qui la serra farouchement contre lui en murmurant son prénom.

Quand il redescendit sur terre, Viktor se rendit compte qu'il tenait toujours Rozi serrée contre lui. Il sentit les frémissements qui la parcouraient et lui caressa le dos, tandis que lui-même s'efforçait de reprendre son souffle.

Il avait trouvé leur première étreinte fabuleuse, mais celle qu'ils venaient de partager avait été plus incroyable encore. Plus intense. Avec Rozalia, il perdait tout contrôle, ce qui ne lui était jamais arrivé auparavant. Avec aucune de ses maîtresses, même les plus passionnées et les plus expertes.

Basculant sur le dos, il roula sur le côté en la serrant toujours dans ses bras. Du bout des doigts, elle lui caressa la joue avec une telle douceur qu'il ferma les yeux, savourant la sensation en même temps qu'il renversait Rozalia sur le dos et se retrouvait allongé sur elle. Puis il l'embrassa langoureusement jusqu'au moment où il dut se retirer.

— Ne bouge pas, chuchota-t-il contre ses lèvres. Je reviens tout de suite.

Lorsqu'il sortit de la salle de bains quelques minutes plus tard, elle était étendue sur le côté, son corps à la peau claire baigné par la lumière dorée de la lampe de chevet.

Viktor resta immobile, troublé par la beauté du tableau vivant qui s'offrait à ses yeux. Mais la façon dont elle fouilla soudain son regard le fit tressaillir intérieurement. Le désir qu'il lisait dans les yeux noisette dépassait le pur domaine du sexe.

Et ça, c'était *vraiment* inquiétant. Même avant la trahison de son frère, Viktor n'avait jamais été porté sur les émotions, surtout dans ses rapports avec les femmes. Il n'était pas fait pour ce genre d'intimité, tout simplement.

S'asseyant à côté d'elle, il lui caressa la hanche et pencha la tête pour l'embrasser dans le creux de l'épaule. Rozalia laissa échapper un petit soupir et lui referma la main sur la nuque, dissipant la tension qui l'avait envahi. Impossible de ne pas désirer retrouver une telle complétude, une telle harmonie, décida-t-il en reprenant la belle bouche pulpeuse.

Cependant il ne pourrait lui offrir ce qu'elle attendait de lui. Et cette contradiction, Viktor ne voyait pas comment la résoudre.

**
*

— Gisella vient de m'apprendre que tu avais envoyé de l'argent à Kaine.

En fait, Gizi lui avait posé des tas de questions auxquelles Rozalia n'avait su que répondre. Pour couper court à leur conversation, elle avait annoncé à sa cousine qu'elle se rendait à Visegrád avec Viktor, pour aller voir Bella Néni. Ce qui était vrai. Tôt ou tard, pourtant, elle serait bien obligée de tout raconter à Gizi.

Lui annoncer qu'elle avait couché avec Viktor ne serait déjà pas facile, mais quand elle ajouterait qu'elle avait pris le risque de se retrouver enceinte, Gisella chercherait aussitôt à la protéger. Elle serait même capable de sauter dans le premier avion pour venir la rejoindre.

— Tu as dit que tu ne voulais pas qu'elle doive quoi que ce soit à Kaine Michaels, lui rappela Viktor. Alors je me charge des honoraires de ton avocate. C'est le moins que je puisse faire, puisque c'est à cause de moi que tu as été arrêtée.

— Je comprends, mais je suis inquiète. Gisella semble passer beaucoup de temps avec lui. Elle était si furieuse quand il a obtenu la boucle d'oreille lors de cette vente aux enchères. Et il ne la lui a même pas montrée. Je m'en veux terriblement de ne pas t'avoir demandé si je pouvais lui envoyer une photo de celle qui est en ta possession.

— Eh bien, tu pourras l'examiner à loisir à notre retour. Et prendre toutes les photos que tu voudras.

— Merci, Viktor. C'est vraiment gentil.

Il était si déroutant. Dès que Rozalia avait l'impression qu'il commençait à se désintéresser d'elle, il lui démontrait le contraire. Ils venaient de passer deux jours à Vienne, dans le superbe appartement qu'il y possédait. La journée, il travaillait dans son bureau, l'encourageant à aller en ville et à s'acheter de nouveaux vêtements et accessoires.

Non seulement elle avait suivi son conseil, mais en avait

profité pour aller jeter un coup d'œil au célèbre Opéra et à divers monuments.

Ensuite, Viktor lui avait fait la surprise d'organiser une croisière privée sur le Danube pour faire le trajet Budapest-Visegrád. Une fois à bord, il s'était remis à travailler depuis son ordinateur portable, disparaissant à intervalles réguliers pour passer des appels-conférences, mais s'arrangeait pour passer du temps avec elle.

C'était un peu comme une lune de miel. Sans alliance ni déclaration d'amour.

Qu'éprouvait Viktor pour elle ? De son côté, impossible de se leurrer plus longtemps – elle était bel et bien tombée amoureuse de lui.

Mais qu'avait-elle à lui offrir ? Hormis une bague dans laquelle elle mettrait tout son amour et s'efforcerait de traduire la personnalité complexe de cet homme mystérieux, de cet amant attentionné et généreux ? Rien. Elle était une femme ordinaire, banale.

À la fin de la journée, le château apparut au loin, perché au sommet de la colline dominant Visegrád.

— Tu fais vraiment tout pour me donner l'impression de vivre un conte de fées ! s'exclama Rozalia en se tournant vers Viktor.

— Lorsque je vais en Amérique, je suis toujours amusé de constater qu'ils font visiter avec fierté un monument historique datant de *plus d'un siècle* !

— Eh oui… En tout cas, je suis impatiente de faire la connaissance de ta tante, même si je regrette que notre voyage se termine déjà. J'ai adoré ces deux jours passés à Vienne et notre petite croisière sur le Danube. Merci, Viktor.

— Ravi de t'avoir fait plaisir, fit-il, les yeux brillants.

Sans doute songeait-il comme elle à leurs nuits viennoises. Aux nouveaux plaisirs qu'il lui avait fait découvrir. Elle avait appris à se servir de sa bouche autrement… Rozalia rougit au souvenir des réactions de Viktor, à ses plaintes rauques tandis qu'il la suppliait de ne pas s'arrêter…

Elle s'appuya contre lui et ferma les yeux, se délectant de sa force, sa chaleur. Avant d'être traversée tout à coup par un frisson désagréable.

Et s'il avait raison à propos d'Eszti ? Si sa grand-mère avait volé les boucles d'oreilles comme il l'en accusait ? Elle refusait toujours d'y croire, mais s'inquiétait à la perspective d'apprendre d'autres détails susceptibles de menacer le lien qui se développait entre eux. Ce lien était si fragile, si nouveau, qu'il pourrait se briser facilement.

Sa mère aurait dû être repartie à Budapest, mais dès qu'elle avait su qu'il venait chez Bella avec Rozalia, elle avait évidemment décidé de rester afin de faire elle aussi la connaissance de *cette Américaine*, ce qui n'arrangeait pas du tout Viktor. La situation commençant à se stabiliser entre Rozi et lui, il aurait préféré que sa mère ne s'immisce pas dans ses affaires, et qu'elle ne fasse rien qui puisse intimider ou incommoder Rozi.

— Elle te plaît ? demanda cette dernière en apparaissant tout à coup devant lui.

Il contempla la robe dos nu, l'étoffe aux motifs floraux déclinant des tons pastel. Une robe toute simple, mais qui lui allait à ravir – et que Mara Rohan trouverait bien sûr trop *bohème*. Voire trop *hippie*. Avec ses cheveux bouclant sur ses épaules, son léger hâle doré pour tout maquillage, Rozalia était exactement l'opposé des femmes sophistiquées que sa mère jugeait appropriées pour lui.

— Tu es ravissante, répondit-il en souriant.

Une demi-heure plus tard, alors qu'ils approchaient de la villa en passant par le petit vignoble, elle murmura :

— Que c'est charmant…

Au fil des années, Bella avait restauré et modernisé le vieux manoir, transformant celui-ci en une demeure accueillante n'ayant plus rien à voir avec la bâtisse lugubre où Viktor était venu enfant.

Sa mère et sa grand-tante étaient installées sous la pergola dans les grands fauteuils en osier, non loin de la fontaine et son doux chuchotis.

Bella aimait le calme et la solitude, mais, tout en menant une vie retirée, elle n'avait rien perdu de son charme et de son élégance. Ce jour-là, elle portait une jupe couleur lavande et un chemisier gris perle, ses cheveux blancs comme neige étant rassemblés en un petit chignon sur la nuque. Quant à la mère de Viktor, elle arborait l'un de ses habituels tailleurs Chanel dont la teinte rose orangé faisait ressortir ses yeux verts.

— Vous avez un jardin magnifique ! dit bientôt Rozi à Bella avec sa spontanéité coutumière. C'est l'endroit idéal pour se détendre et se reposer. J'espère que votre cheville va mieux ?

— Oui, beaucoup mieux, merci, répondit sa grand-tante, manifestement conquise par la chaleur de Rozi.

Quant à sa mère, elle le regarda en fronçant imperceptiblement les sourcils. De toute évidence, elle le désapprouvait d'avoir parlé de la santé de Bella à une *étrangère*.

Tout en sirotant son apéritif sans alcool et en dégustant les délicieux petits pâtés en croûte faits maison, l'étrangère en question interrogea Bella à propos de telle et telle fleur. Pas pour faire la conversation. Comme à son habitude, elle s'intéressait *vraiment* à ce que disait la vieille dame.

Sa mère attendit qu'ils soient passés à table pour reprendre le contrôle de la conversation.

— J'ai été fort surprise d'apprendre qu'en Amérique, quelqu'un revendiquait sa parenté avec notre famille. Après toutes ces années de silence, c'est surprenant…

— Vous êtes parente avec nous ? demanda Bella en dévisageant Rozi avec surprise.

Sa nièce n'avait bien sûr pas jugé bon de la prévenir.

— Nous ne savons pas encore si c'est effectivement le cas, déclara celle-ci avec un sourire glacial.

— De toute façon, il ne s'agit pas de moi, expliqua Rozi

à Bella. C'est ma cousine Gisella qui aurait dû venir en Hongrie. Nous pensons que sa mère, Alisz, est votre nièce.

Elle se tourna vers la mère de Viktor.

— Et par conséquent votre cousine. Pour nous, elle a toujours été la fille d'Istvan. C'est sans doute de lui qu'elle a hérité sa brillante intelligence – ma tante Alisz est une universitaire réputée et très respectée pour ses travaux.

— Istvan était un garçon très intelligent, acquiesça Bella, à la fois émue et perplexe.

— Il faudra un test ADN pour savoir si votre tante est réellement la fille d'Istvan, rappela Mara, guindée. Si c'est bien le cas, on serait en droit de s'étonner qu'elle ne soit pas venue se présenter plus tôt.

— Mon grand-père, Benedek, l'a toujours traitée comme sa fille. Il est le seul père qu'elle ait connu, si bien qu'elle a toujours pensé qu'il aurait été indélicat de rechercher la famille de son géniteur du vivant de celui qu'elle avait toujours considéré comme son père. Plus tard, au moment de la mort de celui-ci, elle avait perdu toute curiosité envers ce côté de sa famille. Et si Gisella et moi n'étions pas devenues obsédées par les boucles d'oreilles, vous n'auriez sans doute jamais entendu parler de nous.

— Les boucles d'oreilles qui ont été volées, fit remarquer la mère de Viktor. Dois-je comprendre que votre cousine se trouve à San Francisco en ce moment même, et qu'elle tente d'acquérir ce qui nous appartient ?

— Kaine Michaels a acheté cette boucle d'oreille de façon tout à fait légale, intervint Viktor.

Même si Michaels l'avait pris de vitesse en achetant la maison aux enchères avec tout son contenu – dont faisait partie la satanée boucle d'oreille.

— Je ne crois vraiment pas que ma grand-mère les ait volées, dit Rozi avec calme. Parce que ce n'est pas son style. Je ne sais pas comment l'histoire a pu être dénaturée ainsi.

— L'histoire me vient directement de ma mère, répliqua Mara, froide et déterminée. Elle-même la tenait directement de sa propre mère. Les boucles d'oreilles ont été volées par une jeune femme qui prétendait entretenir une liaison avec Istvan. Elle en a vendu une à Budapest pour pouvoir partir en Amérique avec son mari. Cette boucle d'oreille a fini par revenir entre les mains de ma belle-mère, qui me l'a offerte comme cadeau de mariage. La seconde a été vendue en Amérique et a fait partie d'une collection privée pendant des années, jusqu'à ce qu'elle réapparaisse il y a quelques mois. J'ai alors chargé Viktor de l'acheter pour moi.

— Ce n'est pas cela du tout ! s'écria Rozi. Ma grand-mère n'était pas mariée quand elle est partie en Amérique ! Elle a épousé mon grand-père *après* la naissance d'Alisz. Istvan lui a offert les boucles d'oreilles et elle en a vendu une pour financer sa traversée. Quand elle s'est retrouvée sans argent plus tard, elle a vendu la seconde à Benedek. Elle était seule avec un bébé et lui, il ouvrait sa boutique. Ils ont décidé de se marier et d'ouvrir la boutique ensemble. Mais elle n'avait pas volé ces boucles d'oreilles. Istvan les lui a données comme gage d'amour. Il comptait la rejoindre en Amérique et l'épouser là-bas.

— Vous vous *trompez*, commença la mère de Viktor.

— Eszti est votre grand-mère ! s'exclama Bella d'une voix tremblante.

Viktor se reprocha de ne pas avoir fait suffisamment attention à elle. Il s'était concentré sur sa mère, craignant que celle-ci ne malmène Rozi. Or Bella était maintenant d'une pâleur inquiétante.

— Oui ! acquiesça Rozi en souriant. Eszti Miska, avant d'épouser Benedek Barsi. Vous vous souvenez d'elle ?

— Mon Dieu…, murmura Bella avec un sourire tremblant. Bien sûr que je me souviens d'elle ! Elle était si charmante, si chaleureuse… J'avais tout de suite compris pourquoi Istvan était tombé fou amoureux d'elle. Comment va-t-elle ?

— Très bien. Elle a été malade cet hiver, mais elle s'en est bien remise. Mais elle nous a fait peur, et c'est pour cela que Gisella et moi avons redoublé nos efforts pour retrouver ses boucles d'oreilles. Elle aimait vraiment votre frère. Et elle sera si heureuse de récupérer enfin le précieux cadeau qu'il lui avait offert.

— Il ne lui a jamais donné les boucles d'oreilles, insista Mara, péremptoire.

— Non, en effet, acquiesça lentement Bella, le visage décomposé. C'est moi, qui les ai données à Eszti.

9.

— Je ne comprends pas, commença Mara en fronçant les sourcils.

Rozalia posa doucement la main sur celle de Bella.

— Je suis vraiment désolée de vous faire de la peine. Ce doit être si douloureux de repenser à cette époque.

— Oui, très douloureux, acquiesça faiblement la vieille dame. J'ai été obligée de mentir, mais aujourd'hui il vaut mieux révéler la vérité.

Elle regarda sa nièce.

— Ta mère n'a jamais su ce que notre mère avait dit à notre père. Ce week-end-là, Irenke était chez des amis.

Irenke était la sœur de Bella et Istvan, et la mère de Mara.

— On lui a demandé de revenir d'urgence lorsque la mort d'Istvan a été confirmée. Il avait été tué au cours d'une manifestation.

Un tel chagrin se lisait dans les yeux de Bella que Rozalia resserra les doigts autour des siens dans l'espoir de lui apporter un peu de réconfort.

— Je voulais lui dire ce qui s'était réellement passé, poursuivit Bella, mais Irenke était toujours si franche, si spontanée... J'ai eu peur qu'elle ne s'en prenne à notre père et, si elle avait osé lui tenir tête à ce moment-là, il aurait été capable de la tuer. C'était un homme dur. Rigide. Lui et Istvan avaient des disputes terribles. Je n'ai jamais vraiment su si mon frère avait participé aux manifestations par conviction personnelle ou tout bonnement pour défier notre père.

Elle souleva son verre d'eau d'une main tremblante et en but une longue gorgée.

— Nos parents étaient sortis, ce soir-là. Ils venaient de rentrer lorsque Eszti est arrivée. Entendant des cris, je suis montée à l'étage. Mère pleurait. Père devait avoir giflé Eszti car elle pleurait aussi et se tenait la joue. Il l'a traitée de menteuse, lui a lancé toutes sortes d'insultes. Puis il l'a mise à la porte. Ensuite, il a dit à Mère d'arrêter de pleurer. « Il n'est pas mort, a-t-il déclaré. C'est impossible. »

S'interrompant, la grand-tante de Viktor reposa son verre sur la table et posa la main sur sa poitrine.

— Mère est sortie et a descendu l'escalier. De mon côté, j'avais déjà regagné le rez-de-chaussée. Quand j'ai vu son regard... j'ai compris qu'Istvan était mort. J'ai cru mourir moi aussi. « Cette jeune fille a affirmé qu'elle portait son enfant », m'a-t-elle dit en ôtant ses boucles d'oreilles. Puis elle les a glissées dans ma main et m'a demandé de rattraper Eszti. De lui dire d'emmener le bébé d'Istvan dans un endroit où il serait en sécurité. Je l'ai rattrapée au moment où elle franchissait les grilles. Il pleuvait. Nous pleurions toutes les deux. Elle l'aimait tellement. Je l'ai serrée dans mes bras, mais il fallait que je rentre avant que mon père ne s'aperçoive de mon absence. Je ne l'ai jamais revue.

Elle reprit son verre d'eau, but une nouvelle gorgée.

— Ma mère n'a pas eu l'occasion de porter ses boucles d'oreilles avant une soirée qui a eu lieu après les obsèques d'Istvan. Elle a alors dit à mon père qu'elle les avait ôtées en entrant dans la maison, les avait laissées sur la petite table de l'entrée et qu'Eszti devait les avoir prises. Ce n'est que lorsque Dorika est venue voir nos parents pour arranger ton mariage que j'ai appris qu'Eszti en avait vendu une pour pouvoir partir en Amérique, expliqua-t-elle à Mara. Je me suis toujours demandé si elle était vraiment enceinte.

— Je vais vous montrer des photos de tante Alisz et

de Gisella, répliqua Rozalia en sortant son smartphone de son sac.

Elle choisit une photo où on les voyait toutes les deux et tendit l'appareil à Bella.

— Oh ! regarde, Mara…, murmura-t-elle en tendant à son tour le téléphone à Mara. Tu ne reconnais pas tes yeux ?

La mère de Viktor ne put dire le contraire. Elle avait exactement les mêmes yeux que Gisella et Alisz.

Après ces douloureuses confidences, l'atmosphère se détendit un peu et le déjeuner se déroula sans anicroche. Bella posant toutes sortes de questions à Rozalia sur la boutique, elle lui montra sa bague.

— C'est Gisella qui l'a créée pour moi. Elle a énormément de talent.

Mara se montra moins enthousiaste et garda son air froid et distant – faisant ainsi tellement penser à Alisz que Rozalia faillit éclater de rire.

— Montre-leur celle que tu as faite pour Gisella, intervint Viktor.

— C'est vous qui avez réalisé cette bague ? demanda sa mère en baissant les yeux sur le petit écran. Elle ne passe pas inaperçue.

En matière de compliment, il y avait mieux… Mais la réaction de Mara fit plaisir à Rozalia.

Après le café, Bella annonça qu'elle souhaitait se reposer.

— Viktor va t'accompagner jusqu'à ta chambre, répliqua aussitôt sa nièce.

Mara désirait s'entretenir avec elle en tête à tête, devina Rozalia.

— Vous restez pour la nuit, n'est-ce pas ? lança Bella en s'arrêtant sur le pas de la porte. J'aimerais que vous me parliez davantage de votre tante et de votre cousine.

— Avec plaisir. Si Viktor est d'accord, bien entendu.

Dès qu'elles se retrouvèrent seules, Mara la regarda droit dans les yeux.

— Quelles sont vos intentions, exactement ? demanda-t-elle sans autre préambule.

— Au départ, mon but était d'acheter la boucle d'oreille de ma grand-mère. Je me rends compte maintenant que cela ne ferait sans doute que raviver son chagrin. Mais ce n'est pas ce qui vous préoccupe, n'est-ce pas ? Vous voulez savoir quelles sont mes intentions concernant Viktor.

— C'était en effet le sens de ma question.

Elle était *vraiment* comme la tante Alisz !

— Dans la famille, nous disons pour plaisanter que c'est Alisz qu'il faut aller voir quand on a besoin d'un conseil que l'on n'a pas envie d'entendre. Elle vous le donne sans la moindre émotion – et sans ménagement –, mais cela ne l'empêche pas de toujours agir dans l'intérêt de la famille.

— C'est Bella qui manifeste de l'intérêt envers votre tante et votre cousine, lui rappela Mara avec un sourire froid.

— C'était une façon détournée, et courtoise, de vous répondre, expliqua Rozalia, le plus gentiment possible. Mon intention est de laisser Viktor libre de prendre la décision qu'il voudra en ce qui concerne notre relation. Et je pense qu'il vaudrait mieux que vous fassiez la même chose, si vous souhaitez améliorer votre relation.

Une expression offusquée passa sur les traits de Mara Rohan, suivie d'une ombre de culpabilité, puis de tristesse, mêlée de suspicion.

— Vous faites allusion à l'incident provoqué par Trudi ? Je suis en partie responsable de sa méprise quant aux intentions de Viktor vis-à-vis d'elle. Je n'aurais jamais soupçonné qu'elle puisse se conduire de façon aussi puérile. Et je regrette que son attitude vous ait causé des désagréments.

— C'est elle qui me doit des excuses, pas vous, répliqua Rozalia, magnanime. Et je peux comprendre qu'après avoir perdu un fils, vous teniez à assurer l'avenir de Viktor. Et que, comme toute mère, vous souhaitiez le voir marié et père de famille. D'autre part, vous vous sentez peut-être obligée de l'aider à trouver l'épouse idéale à cause de ce qui s'est passé autrefois.

Mara se raidit et tourna la tête.

— Je vois qu'il s'est confié à vous…

— Nous disons aussi, à propos d'Alisz, qu'elle ne montre jamais ses vraies émotions, mais que cela ne signifie pas pour autant qu'elle n'ait pas de cœur.

— Eh bien, je suis certaine que Viktor ne dirait pas la même chose de moi.

Elle souleva la carafe et se versa un verre d'eau.

— Après la mort de son père, j'ai vécu des moments difficiles. Son frère avait du mal à être à la hauteur et à prendre le relais. J'ai cru qu'avec une épouse solide à ses côtés, il s'en sortirait mieux. Et j'ai pensé que cette jeune femme serait parfaite pour Kristof. Si j'avais pu prévoir que Viktor ne me le pardonnerait jamais, j'aurais agi différemment.

Inutile de dire à Mara que c'était le moment ou jamais de changer d'attitude vis-à-vis de son fils. Elle était assez intelligente pour le comprendre toute seule.

Un peu avant le dîner, Viktor réussit à se retrouver seul avec sa mère. Il versa un verre de vin et le lui tendit, puis attendit les inévitables commentaires désapprobateurs qui allaient pleuvoir sur lui.

— Tu ne m'accompagnes pas ? demanda-t-elle.

— J'attendrai Rozi. Elle est montée se changer.

— Elle m'a promis de me mettre en contact avec un horloger qui saurait réparer la montre de ta grand-mère. Ce serait bien, j'aimerais la porter de nouveau.

Sans lui laisser le temps de répliquer quoi que ce soit, elle enchaîna :

— Elle est différente de tes petites amies habituelles.

— Si tu penses à Trudi, ou aux autres femmes que tu

as sélectionnées pour moi, oui. Rozalia est très différente d'elles.

Elle n'avait en outre rien de commun avec la jeune femme dont il s'était entiché autrefois. Héritière d'une riche famille, celle-ci avait été éduquée dans un pensionnat suisse où elle avait acquis le charme et la sophistication garantis par ce genre d'établissement. Avec le recul, Viktor ne comprenait plus comment il avait pu se croire amoureux d'elle. Il se rappelait uniquement avoir été anéanti en apprenant la trahison de son frère et le rôle joué par leur mère qui avait persuadé la jeune femme de jeter son dévolu sur son aîné.

Si jamais elle osait se mêler à nouveau de sa vie privée…

— Je ne dirais pas qu'elle représente le parti le plus avantageux, naturellement. Mais je ne serais pas *malheureuse* si tu décidais d'officialiser ta relation avec elle.

— Pas d'épanchements, mère. Tu nous embarrasserais tous les deux.

Sa grand-tante arrivant sur ces entrefaites, il lui versa un verre de vin et monta voir ce qui retenait Rozi.

Il la trouva assise sur le bord du lit, habillée pour le dîner, mais le visage blême et le regard terrifié.

— Quelque chose ne va pas ? Tu as reçu une mauvaise nouvelle ?

— J'ai vomi, dit-elle d'une voix blanche. Je me sentais bien et ça m'est tombé dessus sans prévenir.

— Ce ne peut pas être une intoxication alimentaire, nous avons mangé la même chose.

Viktor lui tâta le front. Il était moite, mais pas plus chaud que le sien.

— Je ne sais pas, murmura Rozi.

— Une nausée matinale ? demanda-t-il en s'asseyant à côté d'elle. À cette heure-ci ? Quand les premiers symptômes se manifestent-ils, en général ?

— Je n'en sais rien, répondit-elle, l'air perdu. Je sais seulement que le premier trimestre est souvent le pire. Je ferai une recherche tout à l'heure. C'est sûrement autre chose.

Viktor lui prit la main, aussi moite que son front.

— Tu préfères rester ici et te reposer ?

— Non non. Je me sens tout à fait bien, maintenant. Mais si c'est un virus ? Je ne voudrais pas que Bella tombe malade à cause de moi.

— Je crois que nous savons tous les deux qu'il ne s'agit pas d'un virus. Sinon, j'aurais les mêmes symptômes.

— Oui, acquiesça-t-elle faiblement.

— Tu devrais manger quelque chose. Si tu y arrives.

Elle hocha la tête et le suivit docilement, tandis que Viktor sentait ses instincts protecteurs se réveiller de plus belle.

La soirée fut agréable. Rozi, apparemment détendue, raconta toutes sortes d'anecdotes à propos de sa tante et sa cousine, au grand ravissement de Bella. Même sa mère parut intéressée lorsque Rozi décrivit leur travail à l'atelier.

De son côté, Viktor ne l'écoutait qu'à moitié, réorganisant déjà sa vie et la sienne à la pensée qu'ils allaient peut-être devenir parents. Mais, curieusement, il ne se sentait pas du tout terrifié à la perspective de devoir renoncer à son célibat et à sa liberté – *si* la grossesse était confirmée.

— Tu avais l'air préoccupé, durant le dîner, dit Rozi quand ils se retirèrent dans leur chambre.

— Je pensais à ton travail. Tu as l'intention de continuer, si tu es enceinte ?

— Je n'y ai même pas pensé ! s'exclama-t-elle, l'air de nouveau paniqué.

— Ce serait possible ? Tu utilises des produits chimiques ?

— Je porte un masque, principalement pour me protéger de la poussière, mais aussi des émanations toxiques lorsque je fais des soudages. Et l'atelier doit être correctement ventilé.

Elle se passa le dos de la main sur le front.

— Si je suis enceinte, il faudra que je fasse le tour des joailleries de Budapest pour voir s'ils ont besoin de quelqu'un. Mais je préfère ne pas y penser pour l'instant, Viktor. Il est trop tôt – rien n'est certain.

— Cela ne nous empêche pas d'en discuter. Je peux t'aider à aménager un atelier à Kastély Karolyi, ou quelque part en ville. Tu crois qu'en la transformant, la serre pourrait te convenir ? De toute façon, tu as des tas de possibilités.

— Non, au contraire ! C'est ça qui me fait paniquer !

En fait, elle n'avait pas cru à une grossesse, réalisa Viktor.

Il prit le visage de Rozalia entre ses mains et l'embrassa, doucement, pour lui faire comprendre qu'elle n'avait rien à craindre. Qu'il s'occuperait d'elle. La protégerait.

Le comprit-elle ? En tout cas, elle fondit comme à chaque fois qu'il l'embrassait et gémit en se pressant contre lui. Avant de reculer vivement, les yeux exorbités.

— Qu'est-ce que tu as, bon sang ?

— Mes seins sont douloureux ! répondit-elle en posant les mains sur sa poitrine. C'est un autre symptôme, Viktor !

— Rozi, répliqua-t-il en l'attirant délicatement dans ses bras. Nous ne sommes pas forcés de faire l'amour, si tu...

— Mais j'en ai envie ! l'interrompit-elle avec force. Je ne veux pas avoir mal aux seins, c'est tout !

Incapable de retenir un sourire, Viktor enfouit le visage dans les cheveux bouclés pour ne pas lui faire penser qu'il se moquait d'elle.

Redressant la tête, il s'assit sur le lit et l'installa sur ses genoux.

— Si tu veux faire l'amour, je trouverai d'autres moyens, ne t'inquiète pas, promit-il en lui caressant le bout du nez avec le sien. Tu sais à quel point j'adore tes seins. Cela me manquera de ne plus mordiller leurs beaux mamelons roses, mais ce ne sont pas les seuls endroits que j'aime cajoler avec mes lèvres.

Les yeux noisette s'assombrirent.

— Dis-moi ce que tu veux, ordonna-t-il en laissant glisser sa bouche sur la gorge à la peau satinée.

— Tu le sais, murmura-t-elle.

Elle caressa son érection à travers le tissu.

— Fais-moi l'amour avec ta bouche, tes mains et *ça*.

Viktor s'exécuta volontiers. Il la fit trembler et gémir, haleter, crier, jusqu'à ce qu'elle s'envole dans l'extase en poussant les adorables petits cris qu'il aimait tant et qui décuplaient son propre désir.

Après une légère hésitation, il enfila un préservatif, tout en étant convaincu qu'ils n'avaient pas besoin de contraception. Rozi était à lui, à présent.

Il s'installa entre ses jambes et la pénétra en restant appuyé sur les mains pour protéger les beaux seins devenus encore plus sensibles. Au plaisir et à la douleur.

— Oui, oui..., susurra-t-elle en se léchant les lèvres. Continue... Ne t'arrête jamais...

Toujours en appui sur les mains, il s'immobilisa au-dessus d'elle, les mâchoires crispées, et la regarda dans les yeux.

— Tu es à moi. Dis-le.

— Je suis à toi, Viktor. Toute à toi.

Une sensation inconnue se répandit en lui, l'ébranlant au tréfonds de son être. Il donna un nouveau coup de reins, grisé par les halètements entrecoupés de gémissements qui s'échappaient des lèvres de Rozalia.

Fermant les yeux, Viktor accéléra le rythme et l'intensité de l'enivrant va-et-vient, jusqu'à ce que la jouissance les emporte tous les deux. Il rouvrit les yeux et cria son prénom, à l'instant même où Rozi criait le sien.

Rozalia avait été certaine, *archi*-certaine, de ne pas être enceinte. Lorsque Viktor avait parlé de l'épouser, elle n'avait pas songé un seul instant qu'il puisse être sérieux.

Car elle avait beau être romantique, elle avait les pieds sur terre et n'avait jamais eu la folie des grandeurs.

Même lorsque, le lendemain matin, elle bondit du lit et se précipita à la salle de bains pour vomir, elle refusa de croire à une grossesse.

Viktor insista néanmoins pour qu'elle consulte un médecin de Visegrád le matin même et resta sourd à ses protestations.

— Un résultat négatif n'est pas fiable à cent pour cent, dit le praticien en apprenant qu'elle n'était pas encore en fin de cycle. Mais un faux positif est aujourd'hui très rare.
Lorsqu'il s'assit quelques instants plus tard derrière son bureau, il déclara en souriant :
— Vous êtes enceinte.
Rozalia continua de penser qu'elle avait peut-être une gastro-entérite.
Après lui avoir prodigué quelques conseils élémentaires, le médecin lui prescrivit des vitamines, et Viktor promit de lui trouver une gynécologue à Budapest pour assurer le suivi de sa grossesse.
Pouvait-il suffire d'un unique rapport sexuel non protégé pour tomber enceinte ? se demanda Rozalia en se mordillant la lèvre.
Ils quittèrent Bella et la mère de Viktor – laquelle avait décidé de rester auprès de sa tante jusqu'à ce que celle-ci soit complètement rétablie – sans leur annoncer la nouvelle, évidemment.
Une fois installés à l'arrière de la voiture, Viktor lui prit la main et enlaça les doigts aux siens.
— Arrête de triturer ta bague, tu vas te blesser.
— Je ne pensais vraiment pas que cela arriverait.
— Tu n'es pas heureuse d'être enceinte ?
— Je suis *inquiète* !
Elle se força à le regarder et découvrit une tension nouvelle empreignant les traits virils. Un éclat farouche luisait dans les yeux gris, comme si Viktor contenait une excitation secrète qu'il avait du mal à contrôler.
— Toi, tu es heureux, dit-elle, stupéfaite.
— Oui.

— Mais maintenant, tu vas devoir m'épouser.
— Oui. Et tu vas devoir m'épouser aussi.
Une bouffée de joie lui monta à la tête.
— Tu le désires ?
— Oui, affirma-t-il tranquillement.
— Quand ? demanda Rozalia d'une voix tremblante.
Du bout du pouce, il essuya doucement une larme solitaire qu'elle n'avait pas sentie couler.
— J'ai fait mes petites recherches de mon côté, tu sais. Je dois m'attendre à des changements d'humeur. Et à voir ma compagne subir des chamboulements intérieurs et extérieurs.
— Tout va changer, acquiesça Rozalia.
— Exact. Alors un grand mariage à préparer te demanderait trop d'énergie. Et il va aussi te falloir réorganiser ta vie. Si tu veux que je t'aide, dis-le-moi et je ferai tout ce que tu me demanderas. Personnellement, je serais pour un mariage civil le plus tôt possible. Mais je sais que tu es très attachée à ta famille, alors nous en reparlerons dans quelques jours, quand tu auras eu le temps de t'habituer à la nouvelle. Mais ne t'inquiète pas, Rozi. Tout ira bien.

Elle sourit, commençant à le croire. À accepter l'immense émotion qui enflait en elle. C'était de l'amour. Trop timide encore pour être exprimé à voix haute. Surtout que les sentiments de Viktor étaient enfouis très profondément.

Pour l'instant, elle se contenterait de la lueur argentée couvant dans les yeux gris et reflétant la tendresse qui frémissait dans son propre cœur.

10.

Une heure plus tard, alors qu'ils venaient à peine d'arriver à Kastély Karolyi, Rozalia apprit l'affreuse nouvelle qui bouleversait à nouveau son existence, et qui allait sans aucun doute mettre en péril sa relation avec Viktor.

Après lui avoir expliqué la situation au téléphone, Gisella lui envoya par mail un article relatant le terrible *aveu de fraude massive*. Elle en achevait la lecture lorsque Viktor apparut, sa propre tablette à la main.

Il affichait une expression si hostile, si froide, qu'elle frémit douloureusement. Disparu, le futur mari prévenant et attentionné. Elle retrouvait l'homme hautain et distant rencontré devant les bureaux de Rika Corp.

— Je n'en savais rien, je te le jure.

Les mâchoires crispées, il se contenta de la regarder en silence, l'air furieux.

— Je n'ai aucun lien avec l'entreprise de Benny, Viktor.

Benny était l'aîné des enfants de l'oncle Ben, et le responsable, en partie, de la catastrophe.

— Mon cousin est géologue et a créé Barsi Minerals, filiale de Barsi on Fifth qui permet à l'entreprise familiale de proposer aux clients d'investir dans les métaux rares et précieux.

— Vous ne touchez pas de dividendes ?

— Lorsque Benny a lancé son entreprise, ma grand-mère a acheté des actions pour tous ses petits-enfants. C'était sa façon à elle de lui apporter son soutien. Alors, oui, je touche quelques dividendes, mais cela ne représente pas des sommes faramineuses.

Hélas, ce qu'elle considérait comme un petit matelas de sécurité allait fondre complètement.

— Viktor, notre réputation compte énormément pour nous. Gisella dit que Benny assume sa responsabilité dans cette affaire d'escroquerie, mais son erreur a été de faire confiance à la mauvaise personne. Ce n'est pas lui personnellement qui a falsifié les échantillons de minéraux.

— Et c'est une pure coïncidence si Kaine Michaels a d'abord été accusé d'avoir commis cette *erreur.*

— J'ignore comment il s'est retrouvé impliqué dans cette histoire.

Rozalia avait cru comprendre, même si Gisella ne le disait pas franchement dans son mail, que celle-ci entretenait une liaison avec Kaine. Ou en *avait* entretenu une, avant que l'affaire n'éclate et ne les sépare.

Kaine Michaels se détournait d'eux en bloc, laissant les Barsi affronter l'enquête et les poursuites pénales qui risquaient de s'ensuivre. Gisella était terriblement inquiète et craignait que la boutique n'y survive pas. Quant à Eszti, elle devait être anéantie, non seulement par la perte de la chère entreprise à laquelle elle avait consacré toute sa vie, mais à cause de ce qui arrivait à son petit-fils et à toute la famille.

— J'ai des intérêts dans l'acier, dit Viktor. Étais-je le prochain imbécile visé ?

Cette accusation lui transperça le cœur.

— Non !

— Nous ne pouvons pas nous marier dans ce contexte. Je n'associerai pas le nom de ma famille à une vile escroquerie, décréta-t-il avec dédain en jetant sa tablette sur le sofa.

Rozalia soutint son regard sans ciller.

— Très bien.

— Et ne compte pas sur moi pour vous tirer d'affaire.

— Je te l'ai demandé ?

— Tu es suffisamment intelligente pour ne pas le faire. Je vais travailler.

Les deux jours suivants, Rozalia le vit à peine, ce qui ne la dérangea pas plus que ça. Elle était dans un état épouvantable, avait des nausées tout le temps, se sentait exténuée, inquiète et souffrait terriblement de ne pas être auprès des siens. Mais, en rentrant à New York, elle se serait retrouvée impliquée dans le scandale, ce qui n'aurait avancé à rien. Même sa mère, malade d'inquiétude, lui disait de rester à l'écart jusqu'à ce que le calme soit revenu.

Comme Rozalia ne pouvait partager ses soucis avec Viktor, elle s'isolait et se retranchait dans le silence. Le soir, elle se retirait de bonne heure dans sa chambre avec une collation, préférant manger en regardant la télévision plutôt que de dîner avec Viktor.

Jusqu'à ce que, morte d'inquiétude, elle craque et appelle Gisella, et que toutes deux se parlent franchement pour la première fois depuis son départ.

— Si tout est réglé depuis une semaine, pourquoi es-tu encore en Hongrie ? s'étonna bientôt Gisella.

— J'aimerais bien rentrer, vraiment. Mais... Tu ne le dis pas à maman, d'accord ? Je suis enceinte, Gizi.

— *Quoi ?* s'exclama sa cousine, stupéfaite.

— Oui, je sais. Viktor disait qu'il voulait m'épouser, mais c'était *avant*...

— Avant Benny.

— Oui. Maintenant, nous ne pouvons rien faire sans qu'il y ait des retombées sur sa famille et ses affaires. Comment ça va, de votre côté ?

— Mal, soupira Gisella.

— Je ne peux pas demander à Viktor...

— Nous nous débrouillons, ne t'en fais pas. Et nous nous en sortirons. Ce ne sera pas drôle, nous devrons peut-être tous nous installer chez tes parents, mais bon, ça nous rapprochera !

Rozi retint ses larmes à grand-peine.

— Vous me manquez tellement… Et je me sens si mal, Gizi. J'ai des nausées épouvantables le matin et je me sens tellement coupable de ne pas être avec vous. Je n'ai qu'une envie : me coucher, me rouler en boule et pleurer.

— Tu veux que je vienne ?

— Tu ne peux pas, Gizi… Le prix d'un billet…

— Et surtout, répliqua sa cousine, cela pourrait éveiller des soupçons, donner l'impression que je fuis les États-Unis… On nous surveille. Mon téléphone est probablement sur écoute. C'est un vrai cauchemar, Rozi. Tu as raison, reste à l'écart, le plus longtemps possible.

— Je me sens quand même très mal. Et le fait de cacher ma grossesse à maman… Mais je suis obligée, elle voudrait venir alors qu'en ce moment ils ne peuvent vraiment pas se le permettre. De toute façon, vous ne pourriez rien faire ici, ni elle ni toi.

— Je pourrais te préparer des infusions de gingembre…

— Tu parles…, soupira-t-elle en tournant les yeux vers la fenêtre.

— Tu es avec Viktor ? demanda Gisella. Il est là ?

— Non. Il travaille.

— Rozi… Tu as l'air…

Sa cousine s'interrompit un instant avant de demander :

— Tu l'aimes ?

Rozi ferma les yeux, serra les paupières.

— C'est arrivé comme ça. Je ne voulais pas tomber enceinte. Nous avions fait le serment de…

— Arrête, Rozi ! Je ne te juge pas ! J'ai couché avec Kaine, alors je sais exactement comment ça arrive. C'était stupide, ce serment que nous avons fait autrefois. Ce que je veux dire, c'est que… Si tu n'es pas amoureuse de lui… On n'est plus à l'époque de mamie. Tu peux revenir parmi nous et nous nous occuperons de toi, tu le sais.

— Et vous ferez *comment* ? s'exclama Rozi en levant les yeux au ciel. Barsi on Fifth est en train de sombrer.

Elle renifla et reprit plus calmement :

— Viktor et moi avons des projets. Pour le bébé – et pour mamie –, je dois essayer le mariage, voir ce que ça donne. Elle aussi, elle a épousé papy par nécessité, non ? Alors, ça peut fonctionner.

Elle *devait* y croire.

— Il faut aussi qu'on parle des boucles d'oreilles, Rozi.

— Oui, je sais, mais je crois que je vais encore vomir… Je dois te laisser. Je suis désolée de te raconter toutes mes histoires et de te demander de ne rien dire à personne. J'avais besoin de t'en parler, mais je préfère que tout le monde croie que je suis coincée ici…

— C'est à toi de décider, Rozi. Je t'embrasse très fort. Tu me manques.

— Moi aussi, je…

Terrassée par la nausée, Rozi mit brutalement fin à l'appel sans pouvoir achever sa phrase et se précipita une fois de plus à la salle de bains.

Au fond, Viktor n'était pas surpris. Il s'était attendu à un événement de ce genre, aussi ne se sentait-il même pas trahi. Comme s'il savait que la duplicité de Rozi serait confirmée tôt ou tard, le confortant ainsi dans sa vision du monde. Il pourrait conserver son cynisme. Sa supériorité. Et demeurer convaincu qu'il vaut mieux se protéger d'émotions malvenues dont l'on peut très bien se passer.

Mais, en suivant ce raisonnement, il ne prenait pas en compte la personnalité de Rozi qui, une fois de plus, réagit de façon inattendue. Elle ne lui demanda pas d'aider financièrement sa famille, alors que l'entreprise de son cousin coulait à pic, et que sa chère boutique avait été contrainte de fermer pendant que les enquêteurs passaient la comptabilité au crible. Sans parler des médias qui s'acharnaient évidemment sans pitié sur les Barsi.

De toute évidence, Rozi vivait très mal la catastrophe qui

frappait sa famille. Quand il la voyait, c'est-à-dire rarement, Viktor était impressionné par son air abattu.

Elle ne quittait la maison que pour se rendre à ses rendez-vous médicaux et refusait catégoriquement d'utiliser la carte de crédit qu'il lui avait donnée. Pas la moindre virée de shopping en ville. Elle ne lui demandait jamais de l'emmener visiter tel ou tel site touristique.

Mais si elle avait mauvaise mine, c'était aussi à cause de sa grossesse. Car si une réalité n'avait pas changé, c'était bien celle-ci : Rozi était enceinte. De *son* enfant à lui. Et pour l'instant, elle vivait mal cette grossesse.

Comme ils ne dormaient plus ensemble, Viktor avait insisté pour qu'elle l'appelle en cas de besoin, mais il avait eu droit à un regard indigné accompagné d'un « Je peux très bien me débrouiller toute seule ».

Voyant que ces nausées ne cessaient pas, il l'avait emmenée chez un spécialiste, lequel avait dit que cela n'avait rien d'anormal à ce stade de la grossesse, et prescrit une solution électrolytique.

Pas vraiment rassuré, Viktor prit rendez-vous chez un autre spécialiste et, rentrant de bonne heure pour y emmener Rozi, il la trouva installée sur la véranda, sa tablette sur les genoux et pleurant tout son soûl.

— Qu'est-il arrivé ?

Surprise, elle bondit de son fauteuil, faisant tomber la tablette dont l'écran se brisa sur les pavés.

— Oh non ! gémit-elle, l'air complètement désespéré. Il ne manquait plus que ça !

— Je t'en rachèterai une, promit-il aussitôt.

En fait, il était tellement inquiet pour sa santé que peu lui importaient désormais les éventuels pièges et complots.

— De combien ta famille a-t-elle besoin ? demanda-t-il en la regardant se pencher vers la tablette. Je m'en occuperai dès aujourd'hui.

Elle se redressa, le regard confus.

— Pourquoi… ? Non.

— Comment cela, *non* ? Le stress auquel est soumise ta famille t'affecte beaucoup trop, c'est évident.

— Je ne veux pas de ton argent ! se récria-t-elle, les yeux étincelants. Je ne veux pas que tu aides ma famille, ni que tu m'achètes une tablette. Je ne veux rien de toi. *Rien !*

— Calme-toi, tu trembles de la tête aux pieds. Que se passe-t-il ? Quelqu'un t'a appelée ?

Durant quelques instants, elle contempla l'écran fendillé de la tablette en silence.

— Gisella et Kaine Michaels se sont fiancés. *Il* a aidé ma famille.

Viktor n'eut pas le temps d'assimiler la nouvelle ni de savoir ce qu'il en pensait, car Rozi éclata d'un rire dur.

— Tu vois, Gisella avait bien choisi sa cible – nous n'avons plus besoin de toi ! Ma cousine a séduit, de sang-froid, un milliardaire qui nous a tous tirés d'affaire. Je me suis fait faire un enfant par toi pour rien, tu…

— Arrête.

— C'est ce que tu penses ! cria-t-elle sauvagement. Mais heureusement pour toi, tu es plus intelligent que Kaine. Il est tellement stupide qu'il est tombé amoureux !

Le visage soudain livide, elle s'interrompit et se posa la main sur les lèvres.

Mais pas à cause d'un nouvel accès de nausée. Elle luttait contre une émotion, une souffrance si intense qu'elle ferma les yeux et se mit à respirer par à-coups pour pouvoir la supporter.

Une terreur inconnue s'empara de Viktor.

— C'est le bébé ? demanda-t-il en lui prenant le bras.

Elle se dégagea d'un geste brusque.

— Il ne s'agit pas de douleur *physique*.

Quand elle referma les bras autour de son buste, il réalisa qu'elle avait maigri. Son jean était trop large. Ses pommettes ressortaient davantage. Évidemment, elle mangeait à peine, et le peu qu'elle mangeait, elle le vomissait.

Il fallait agir. Vite.

— Je suis rentré plus tôt pour t'emmener chez le spécialiste.

— Tu dois être heureux – je suis punie ! grommela-t-elle sans le regarder.

— Comment peux-tu penser une chose pareille ? protesta-t-il, choqué. Le fait que tu n'ailles pas bien ne me rend pas heureux, bon sang !

Il y avait une telle expression de détresse sur les traits de Rozalia que Viktor ne put le supporter.

— Viens, dit-il en lui tendant les bras.

— Je ne suis pas devenue une autre parce que Kaine a aidé ma famille, répliqua-t-elle avec un haussement d'épaules. Ce n'est pas parce que je refuse ton argent que je ne suis plus la sale opportuniste que tu tiens tant à haïr.

— Je ne te *hais* pas !

Il se passa la main dans les cheveux en soupirant.

— Cesse de te faire du mal, Rozi. Tu vas te rendre encore plus malade...

La voyant se détourner, il prit le plaid posé dans un fauteuil et l'en enveloppa sans qu'elle ne proteste, puis la força à s'asseoir.

Pourquoi pensait-elle qu'il la *haïssait* ?

Il se protégeait, certes, mais n'avait pas songé un seul instant que son retrait puisse affecter Rozi.

Quant à sa réaction par rapport à l'attitude de Kaine Michaels...

Décidément, il aurait dû rester plus attentif à ses besoins, se reprocha à nouveau Viktor.

— Le rendez-vous, dit-elle, crispée.

— Je crois qu'il vaudrait mieux que tu te reposes.

— Je veux y aller, déclara-t-elle en se levant.

Elle se détourna et se dirigea vers la porte.

— Rozi, je sais que ta grossesse n'était pas délibérée. Je ne suis pas heureux de te voir malade. Je désire que tu...

— Dans ce cas, allons voir ce qu'en pense ce spécialiste, l'interrompit-elle sans se retourner.

***

Le médecin prescrivit un médicament anti-nausée qui lui donnait envie de dormir, si bien que Rozalia se mit à piquer du nez à table. Viktor avait en effet *exigé* qu'elle prenne de vrais repas, et ce soir-là ils dînaient ensemble, ce qui ne se produisait pas souvent. Heureusement.

— C'est impossible ! s'exclama-t-il en la regardant bâiller. Je vais appeler le spécialiste pour lui demander si l'on peut diminuer la dose.

— Tu avais dit que tout irait bien. C'est à toi, qu'on ne peut pas faire confiance, répliqua-t-elle.

Mais elle accepta néanmoins d'aller se coucher et le laissa l'aider à regagner sa chambre. Elle avait à peine posé la tête sur l'oreiller qu'elle se sentit sombrer dans le sommeil.

Quand elle se réveilla, Rozalia repensa aux paroles de Viktor. Il avait raison, c'était impossible. Ils ne pouvaient pas continuer ainsi. *Elle* ne pouvait pas. Quand elle avait lu le mail de Gisella, elle avait senti son cœur se briser. Pas parce que Kaine avait aidé sa famille alors qu'au départ Viktor s'y était refusé. Elle ne s'était pas attendue à ce qu'il vienne à leur secours pour la simple raison qu'elle portait son enfant.

En apprenant que Kaine était tombé amoureux de Gisella, elle avait été folle de joie pour celle-ci, et de désespoir pour elle-même. Gizi avait obtenu ce qu'elle, Rozalia, désirait : elle allait se marier par amour, et quand elle et Kaine auraient un enfant, celui-ci serait le fruit de leur amour partagé.

Tandis qu'elle-même se retrouvait liée à un homme qui passerait son existence à se méfier d'elle.

Elle devait épouser Viktor, pour le bien de leur enfant, mais elle serait incapable de supporter sa méfiance. Dans ces conditions, l'avenir qui l'attendait était sombre, lugubre, et sans espoir.

De son côté, Viktor ne comptait peut-être plus se marier

avec elle. Ils n'en avaient plus jamais reparlé, depuis le jour où le « scandale Benny » avait éclaté.

Plus elle y songeait, plus Rozalia se disait qu'elle ne pouvait pas l'épouser. Elle aurait pu élever un enfant avec un homme qui ne l'aimait pas, mais vivre avec lui, dormir avec lui, et endurer sa souffrance en silence, ça, elle s'en sentait incapable.

Elle fut presque tentée de fuir lâchement et de rentrer à New York sans en parler à Viktor, mais cela n'aurait fait que redoubler sa méfiance à son égard.

Après avoir organisé son départ, Rozalia demanda au chauffeur de la déposer devant le siège de Rika Corp. Là, elle fut conduite directement au bureau de Viktor, où la jeune hôtesse la pria de s'installer, expliquant que M. Rohan était en réunion mais qu'il allait venir la rejoindre dans un instant.

Viktor apparut en effet une minute plus tard, l'air inquiet.

— Que se passe-t-il ? demanda-t-il en refermant la porte derrière lui.

Déterminée à ne pas lui montrer qu'elle était terrifiée, Rozalia croisa les mains sur ses genoux. Elle devait avoir l'air calme et résolu.

— Je retourne à New York. Pour les fiançailles de Gisella.
— Quand ? s'enquit-il en haussant les sourcils.
— Le chauffeur m'attend en bas. Je pars à l'aéroport.
— Et tu me préviens maintenant ?

Il tourna les yeux vers la porte.

— Je ne peux pas…
— Je ne te demande pas de m'accompagner. En fait…

Le regard gris s'assombrit, devint presque noir.

— Je ne m'enfuis pas, Viktor. J'ai pris un billet aller-retour. J'envisage de revenir dans une semaine. À moins que tu ne préfères que je reste là-bas.

— Bien sûr que non ! s'exclama-t-il en levant les yeux au ciel. Si tu m'en avais parlé plus tôt, je me serais arrangé pour t'emmener moi-même à bord du jet. Accorde-moi une heure et…

— Je désire y aller seule.

Il eut un mouvement de recul, comme si elle l'avait giflé.

— Je veux que tu restes ici et que tu me croies quand je dis que je reviendrai, poursuivit Rozalia, le cœur battant à tout rompre. Je veux te prouver que je suis digne de confiance. Si nous voulons avancer, c'est le seul moyen, quelles que soient les dispositions que nous prendrons par la suite.

Il la dévisagea un instant en silence.

— Et quelles dispositions envisages-tu de prendre ? questionna-t-il sèchement.

— J'ai trouvé un appartement.

Un gouffre s'ouvrit en elle. Abyssal.

— Et je suis certaine de trouver du travail. Je ne te demande pas ton aide. Nous réfléchirons à la façon de nous partager la garde de notre enfant.

Rêvait-elle, ou Viktor avait-il pâli sous son hâle ?

— Qui punit qui, à présent ? lâcha-t-il lentement, la voix rauque.

— Ce n'est pas de cela qu'il s'agit, répliqua Rozalia, le cœur serré. Je sais que tu désires ce bébé autant que moi. Mais moi aussi, j'ai besoin d'être désirée.

— Cela fait un moment que tu n'es pas bien.

— Je ne parle pas de désir sexuel ! Tu ne veux pas de moi, Viktor. Sinon, tu ne te méfierais pas de moi au moindre prétexte. Tu ne *veux* pas avoir confiance en moi. Tu as trop peur de souffrir, alors tu t'interdis toute émotion, mais tu voudrais que moi, je vive avec toi en supportant tes accusations. Eh bien, je ne veux pas. Je veux me marier par amour et tu n'en as pas à m'offrir.

Il tressaillit, pinça les narines.

— L'amour est un leurre. Un mensonge. Je refuse de te mentir. Sois reconnaissante de pouvoir *me* faire confiance.

— L'amour existe ! Il est réel !

Rozalia posa la main sur son cœur.

— Je le sais parce que je le vis. Mais je commence à me demander si je mérite d'être aimée.

Elle secoua la tête, refusant de céder au désespoir.

— C'est pour cela que je dois rentrer à New York. J'ai besoin d'être entourée de gens qui m'aiment et qui ont confiance en moi. Ne serait-ce que quelques jours, pour reprendre des forces avant de me retrouver face à toi.

Cette fois, Viktor devint blanc comme un linge. Mais, quand elle franchit le seuil, il ne tenta pas de la retenir.

11.

Une dizaine de minutes après le départ de Rozi, Viktor appela son assistant pour le prévenir qu'il ne retournerait pas à la réunion et lui donna quelques directives pour conduire la discussion.

Ensuite, il se versa un whisky, se dirigea vers la fenêtre et demeura immobile un long moment à regarder dehors sans rien voir, jusqu'à ce que le ciel s'obscurcisse petit à petit.

Le jour allait disparaître et laisser place à la nuit. Comme Rozi avait disparu en laissant le vide derrière elle.

Il aurait dû l'empêcher de partir.

« J'ai besoin d'être entourée de gens qui m'aiment. »

Quand elle avait prononcé ces mots, il aurait dû comprendre qu'il devait faire quelque chose. Qu'ils avaient besoin de changement. De redémarrer à zéro.

« C'est à toi, que l'on ne peut pas faire confiance. »

Ces paroles le hantaient. Rozi était-elle dans cet état d'esprit depuis le jour où ils avaient appris ce qui était arrivé à sa famille ? Cette pensée l'emplissait de dégoût envers lui-même.

Le pire, c'est qu'il n'avait pas cherché à l'éviter comme elle le croyait. Il n'avait jamais voulu la punir. Il était resté au bureau tard parce qu'il avait des projets importants à finaliser avant de pouvoir prendre une semaine de congé.

Il désirait retourner au chalet avec Rozi. Elle avait semblé s'y plaire. Là-bas, elle se remettrait peut-être à dessiner. Viktor n'aurait su l'expliquer, mais il pressentait que son travail de créatrice faisait partie d'elle-même. Qu'elle en avait *besoin* pour vivre.

La nuit, seul dans sa chambre, il avait épié le moindre bruit, prêt à bondir vers elle si elle avait besoin de lui.

Tournant la tête, il contempla l'oreiller, la place vide à côté de lui. Rozalia lui manquait cruellement. Il aurait voulu la serrer dans ses bras, lui faire l'amour, mais pas seulement. Pour pouvoir se détendre, il lui fallait savoir si elle dormait paisiblement et ne souffrait pas de ses fichues nausées.

« Je veux que tu me croies quand je dis que je reviendrai. »

Il se versa un nouveau whisky, posa le verre sur son bureau, puis enfonça les mains dans ses poches.

Elle reviendrait, en effet. Viktor n'en doutait pas un instant. Elle était prête à tous les sacrifices pour lui prouver qu'il pouvait avoir confiance en elle.

Mais ce qu'elle ne comprenait pas, c'était qu'il ne savait pas *comment* lui offrir ce qu'elle voulait.

Pourquoi était-ce aussi difficile, aussi douloureux, de devenir celui dont elle avait besoin ?

« Je commence à me demander si je mérite d'être aimée. »

C'était cet aveu qui lui causait la plus grande souffrance. Viktor n'avait jamais éprouvé ce type de douleur morale.

Parce qu'il avait beau ne pas croire à l'amour, il était persuadé que si quelqu'un méritait d'être aimé, c'était Rozi.

Et lui, il avait besoin d'elle. Il ne pouvait vivre sans elle.

Le regard embué, Viktor contempla le plafond et poussa une plainte qui lui déchira le cœur.

Il *devait* faire quelque chose. Mais quoi ?

Moins d'une heure après son arrivée chez ses parents, Rozalia avait tout raconté à sa mère, hormis les détails intimes concernant sa relation avec Viktor.

— Tu l'aimes ? demanda doucement sa mère.

— Comme une folle, répondit-elle, les larmes aux yeux. Et je comprends qu'il ait du mal à me faire confiance, mais je ne peux pas passer ma vie avec un homme qui se méfie de moi.

— Oh ! ma chérie, murmura sa mère en la reprenant dans ses bras pour lui masser affectueusement le dos.

Rozalia ferma les yeux. La bienveillance de sa mère ne résolvait rien, mais elle lui faisait tellement de bien...

Lorsque son père rentra et apprit qu'elle attendait un enfant, il la souleva dans ses bras et tourna sur lui-même comme autrefois, quand elle était petite.

Rozalia leur fit néanmoins promettre de ne parler de sa grossesse à personne.

— Je ne veux pas voler la vedette à Gisella. Ce soir, nous fêtons ses fiançailles, pas mon retour ni ma grossesse !

Après avoir fait la sieste, elle se prépara avec soin et partit avec le reste de la famille chez la tante Alisz où avait lieu la petite fête.

Comme elle s'y attendait, Rozalia fut accueillie avec des cris de joie.

— Tu es venue seule ? demanda Gisella après l'avoir serrée dans ses bras. Tout va bien ?

— Je repars à Budapest dans une semaine. J'avais besoin de vous voir tous, d'expliquer la situation à maman. Tu ne dis rien à personne, d'accord ?

Rozalia se tourna vers Kaine.

— Bonjour, je suis Rozi, dit-elle en souriant.

— J'ai beaucoup entendu parler de vous.

Le fiancé de Gizi était *somptueux*, surtout quand il souriait ainsi avec chaleur.

— Comment allez-vous ? reprit-il.

De toute évidence, Gisella lui avait parlé de sa grossesse. Elle partageait beaucoup de choses avec Kaine parce qu'elle avait confiance en lui. Ils étaient profondément épris l'un de l'autre, leur amour irradiait d'eux.

Refusant de s'apitoyer sur son propre sort, Rozalia alla s'asseoir à côté de sa grand-mère. Elle n'avait pas l'intention de faire allusion aux boucles d'oreilles, mais Eszti dit avec calme :

— Vous auriez dû m'en parler.

Elle pouvait faire allusion à son arrestation ou à leurs tentatives de retrouver les boucles d'oreilles, ou encore à la vérité qu'elle avait toujours gardée pour elle.

— Nous t'aimons, mamie, répliqua-t-elle en prenant une main fine entre les siennes. J'espère que tu le sais. Mais c'est vrai, nous t'avons caché des choses, Gizi et moi. Je peux aller te voir demain pour tout t'expliquer ?

— Nous avons le temps. Tu viens à peine d'arriver.

Et elle ne resterait pas longtemps, aussi devrait-elle avouer rapidement à sa grand-mère qu'elle allait donner sa démission à l'oncle Ben et sous-louer son appartement.

— Oh ! mon Dieu ! murmura soudain Eszti en blêmissant.

— Qu'est-ce…, commença Rozalia, suivant son regard.

Son cœur fit un bond dans sa poitrine, un frisson la parcourut.

— Ce n'est pas un fantôme, mamie ! enchaîna-t-elle à la hâte. C'est Viktor.

— L'homme qui t'a fait arrêter ?

— Et m'a fait libérer, la rassura Rozalia.

Mais sa grand-mère était surtout frappée par la ressemblance de Viktor avec son cher Istvan, comprit-elle.

De son côté, elle ne pouvait détacher les yeux de l'homme superbe en costume gris clair. Les ombres soulignant ses yeux ne faisaient que rehausser son charme ténébreux.

Un nouveau frisson la traversa. Glacé.

Inutile de se demander pourquoi il était venu la rejoindre.

Il n'avait pas confiance en elle.

Viktor comprit son erreur dès l'instant où son regard croisa celui de celle qu'il cherchait parmi les invités. Il y lut de la surprise, un reproche muet, et une profonde déception.

La souffrance qui l'étreignait s'accrut. Il n'était pas venu pour la surveiller. Depuis l'instant où il avait compris qu'il aimait Rozalia, il n'avait plus eu qu'une pensée : aller la retrouver.

Au moment où il la rejoignit, la jeune fille qui lui avait ouvert la porte – de toute évidence la benjamine de Rozi, vu leur ressemblance – vint se planter devant sa sœur et se posa les mains sur les hanches.

— Viktor Rohan m'a dit qu'il venait voir sa *fiancée*. Maman est au courant ?

— Je t'ai dit que je te raconterais tout plus tard, Bea ! s'exclama Rozi, l'air exaspéré. C'est la soirée de *Gisella* !

Elle se tourna vers Viktor, un sourire tremblant aux lèvres.

— Tu connais déjà ma sœur.

Puis elle se pencha pour aider une vieille dame à se lever de son fauteuil.

— Mamie, je te présente Viktor Rohan, le petit-neveu d'Istvan. Viktor, ma grand-mère, Eszti Barsi.

La grand-mère de Rozi dévisagea Viktor en silence, puis leva sa main fine et lui effleura la joue.

— Vous lui ressemblez tellement, dit-elle avec un sourire triste.

Rozi avait hérité de ses yeux. Bien qu'atténuée par les années, la même lueur vivace brillait aux fond des yeux noisette d'Eszti Barsi. Mais ce n'était pas lui que voyait la vieille dame. C'était le souvenir de celui qu'elle avait aimé autrefois.

— Vous allez épouser notre Rozi ?

Elle tourna la tête vers celle-ci.

— Vous m'avez caché *beaucoup* de choses, les filles.

— C'est une longue histoire, mamie. Nous irons te voir demain et je t'expliquerai tout, promit Rozi. Mais pour l'instant, il faut que je présente Viktor à papa et maman.

Elle l'emmena à la cuisine où sa mère préparait des amuse-gueule, puis dehors, où son père s'occupait du barbecue. Tous les deux se montrèrent surpris et chaleureux. Apparemment, Rozi les avait mis au courant pour le bébé.

Dès que ce fut possible, elle l'entraîna un peu à l'écart, dans le jardin.

— D'habitude, j'aime beaucoup ces odeurs, mais pas aujourd'hui, dit-elle en posant la main sur ses lèvres.

— Tu as pris ton anti-vomitif ?

— Oui, mais de bonne heure, pour être en forme ce soir.

— Tu veux t'en aller ?

— Non, déclara-t-elle, l'air blessé.

— Je ne suis pas venu pour t'emmener, dit-il, crispé. Il était temps que je fasse la connaissance de ta famille.

Il fouilla son regard, ne sachant comment sauver leur relation. Leur couple. Il avait cru qu'en allant la rejoindre…

— Rozi ! appela une femme derrière eux.

Grande et élancée, et main dans la main avec Kaine Michaels, Gisella repoussa une mèche de cheveux châtain derrière son oreille et inclina légèrement la tête de côté.

Tu viens me raconter, pour la boucle d'oreille ? traduisit Viktor avant de tourner les yeux vers Rozi.

— Puisque tu as fait tout ce chemin…, commença-t-elle d'un ton ironique, … autant te présenter Gizi et mes autres cousins et cousines.

Viktor se montra charmant et poli avec chacun, mais Rozalia était au supplice et ne parvenait pas à se détendre. Il fallait qu'il fasse la connaissance de sa famille, en effet, mais elle ne pouvait s'empêcher de douter de sa sincérité. Il se disait inquiet pour elle alors qu'en réalité il était inquiet pour sa *santé*. Et pour celle du bébé.

Après l'avoir présenté à Alisz, elle les laissa bavarder ensemble au prétexte qu'elle devait s'absenter cinq minutes et alla se réfugier dans le petit cabinet de toilette du rez-de-chaussée pour souffler un peu.

Quand elle rejoignit les invités, Viktor discutait avec Gisella. Évidemment. Les hommes étaient toujours attirés par sa cousine, plus féminine et plus sophistiquée qu'elle. Mais cette fois ce constat fut particulièrement douloureux.

— Comment vous êtes-vous débrouillée, pour la boucle d'oreille ? demanda Kaine en la rejoignant.

— Oh ! comme je l'ai dit à Gisella, ce n'est ni le moment ni le lieu de comparer nos expériences. Et je ne veux pas incommoder mamie, surtout après le choc causé par l'apparition de Viktor.

Kaine sourit, puis se tira le lobe de l'oreille.

— Je voudrais m'entretenir avec vous en privé. J'ai quelque chose à vous demander.

— Vous devez beaucoup compter pour Gizi, si elle vous a confié notre code secret ! répliqua Rozalia en riant.

Elles avaient mis ce petit système au point autrefois, et l'utilisaient encore de temps en temps quand elles avaient besoin de s'échapper d'une situation pour une raison ou une autre.

Kaine lui avait à peine expliqué ce qu'il attendait d'elle, que Viktor et Gisella vinrent les rejoindre.

— Nous sommes invités à prendre le brunch demain, dit Gisella en prenant son fiancé par le bras.

— À votre hôtel, ajouta-t-elle en souriant à Rozalia. Je pensais aller te retrouver chez toi demain matin, pour t'aider à emballer tes affaires.

Rozalia regarda Viktor.

Tu vois ? J'ai bien l'intention de repartir à Budapest !

Quant au fait qu'il ait décidé qu'elle logerait avec lui à l'hôtel, elle ne se donna pas la peine de protester. À quoi bon, de toute façon...

Mais elle avait bien l'intention de lui en reparler plus tard.

— Nous devrions dire au revoir à tout le monde, commença-t-elle d'un ton neutre. Je préfère m'en aller pendant que je tiens encore debout.

Une ombre passa dans les yeux gris.

— Si tu es sûre de vouloir partir...

Il sortit son smartphone de sa poche.

— Je vais appeler le chauffeur.

Gisella la serra affectueusement dans ses bras, puis Rozalia annonça à sa mère qu'elle partait avant d'aller embrasser les autres. Quelques instants plus tard, elle quittait la maison avec Viktor.

Son sac était chez ses parents, mais après avoir discuté avec Viktor, elle n'aurait qu'à prendre un taxi pour aller le chercher, se dit-elle en s'installant à côté de lui à l'arrière du véhicule. Ensuite, ils restèrent silencieux durant tout le trajet.

Viktor avait choisi un hôtel cinq étoiles, bien entendu. Rozalia fit le tour de la suite avec terrasse en prêtant à peine attention au luxe qui l'entourait. Il y avait deux chambres, chacune possédant un lit immense et une salle de bains entièrement pavée de marbre clair.

Après avoir regagné le salon, elle s'avança vers lui, immobile devant la baie vitrée donnant sur le faîte des arbres de Central Park.

— Que penses-tu d'Alisz et de Gisella ? demanda-t-elle.

— Nous n'avons pas besoin de test ADN. Alisz ressemble bien trop à ma mère.

— J'ai pensé la même chose en faisant la connaissance de Mara. C'est ce qui me l'a rendue sympathique.

— De quoi parliez-vous, Kaine et toi ?

Rozalia le regarda, interloquée.

— Ça alors ! s'exclama-t-elle avec dédain. Tu me soupçonnes vraiment d'avoir voulu faire du charme au fiancé de Gisella ? Alors que c'est *elle* qui a toujours attiré le regard des hommes ? Et toi, de quoi parlais-tu avec elle, pendant que j'avais le dos tourné ?

— Je ne te ferais jamais ce genre d'affront, se défendit-il, l'air choqué. Jamais !

Sans doute était-il sincère, mais Rozalia ne pouvait s'empêcher de lui en vouloir.

— J'ai confiance en toi ! reprit-il en se pinçant l'arête du nez. C'est pour te le dire, que je suis venu te retrouver.

— Ah… Et tu espères m'en convaincre en commençant par me demander de quoi je parlais avec Kaine ? Il voulait que je fasse une bague et une alliance pour Gisella. Sans le lui dire, pour qu'elle ait la surprise.

Il la dévisagea un instant en silence.

— J'ai demandé la même chose à Gisella.

— De faire une bague de fiançailles et une alliance pour moi ? répliqua Rozalia, abasourdie. Pourquoi ?

— Parce que tu es trop mal en point pour t'en occuper. Qu'as-tu répondu à Kaine ?

— Que j'étais trop mal en point. Et que je n'avais pas d'atelier où travailler. Et aussi que Gisella souhaitait probablement s'en occuper elle-même, surtout s'il veut une alliance assortie à la sienne.

— C'est ce que tu souhaites toi aussi ?

— Viktor…, soupira-t-elle.

— Je ne peux pas aller t'acheter tes bagues dans une boutique, n'est-ce pas ? Tu irais les reporter.

Il se passa la main dans les cheveux, l'air découragé.

— Mais, je t'ai dit…

— Ne me dis pas que tu ne veux plus m'épouser, l'interrompit-il en fermant les yeux. Ne m'annonce pas que tu ne reviens pas avec moi à Budapest.

— Tu ne me laisserais pas rester à New York, rétorqua Rozalia.

Le cœur battant, elle attendit qu'il acquiesce. Qu'il déclare qu'il ne repartirait pas sans elle. Qu'il l'aimait et ne pouvait supporter d'être séparé d'elle.

Mais Viktor ne dit rien de tout cela. La petite flamme qui s'était allumée dans le cœur de Rozalia s'éteignit. Son dernier espoir l'abandonna.

— Je ne sais plus quoi faire, maugréa-t-il tout à coup.

Se détournant, il se dirigea vers le sofa en cuir blanc cassé, le contourna et posa les mains sur le dossier.

— Cela faisait des semaines que je ne t'avais pas vue sourire. Et ce soir… Tu étais radieuse. Je ne te regardais pas d'un air *soupçonneux*, quand tu bavardais avec Kaine. J'étais jaloux, oui, mais pour une tout autre raison.

Il s'interrompit un bref instant, les yeux brillants.

— Les hommes te remarquent, Rozi. Tu ne passes vraiment pas inaperçue, je t'assure. Tout le monde te regarde, t'apprécie. Je n'ai jamais pensé que tu flirtais avec le fiancé de Gisella. J'étais jaloux parce que tu lui souriais. Et que tu ne me souris plus jamais. Je le mérite peut-être. Je t'ai fait du mal, je sais. Mais c'est pour cela que je t'ai demandé de quoi vous parliez. J'étais curieux de savoir ce qui t'avait fait sourire. Je voulais mendier quelques miettes de la partie de ta vie qui n'a pas souffert à cause de moi.

— Oh ! Viktor, murmura Rozalia en se laissant choir dans un fauteuil. Ce n'est pas toi qui m'as fait souffrir.

Je me suis fait souffrir toute seule, en tombant amoureuse de toi, alors que tu m'avais prévenue que tu n'avais pas d'amour à m'offrir.

— Ne dis pas n'importe quoi ! Je croyais que tu avais perdu ton éclat à cause de tes nausées. Ou à cause de ce qui était arrivé à ta famille. Mais je me trompais. Le responsable, c'est moi.

L'air accablé, il se passa à nouveau la main dans les cheveux.

— Je te tue à petit feu. Je m'en suis rendu compte ce soir et cela m'a anéanti. Pourtant, je ne peux pas imaginer de rentrer à Budapest sans toi.

— À cause du bébé ? demanda-t-elle dans un souffle. Je t'ai promis de revenir et je tiendrai ma parole. Tu pourras voir…

— C'est *toi*, que je veux, coupa-t-il, le regard flamboyant. Dans mon lit, dans ma vie. Tous les jours. Mais je ne sais pas comment te garder sans te détruire.

Rozalia ne pouvait supporter de le voir souffrir ainsi. Cela l'affectait encore plus que sa propre souffrance.

En proie à un vertige, elle ferma les yeux.

— Ne pleure pas. Je t'en supplie.

Rouvrant les yeux, elle le regarda s'asseoir en face d'elle.

— Je ne pleure pas, Viktor. Je...

— Chut..., l'interrompit-il en se penchant vers elle. Tu veux bien me donner tes mains ?

Il lui tendit les siennes. Rozalia referma ses doigts tremblants autour des siens.

— Je sais que tu as de bonnes raisons de me haïr, Rozi...

— Je ne te hais pas. Je t'ai...

— Chut. Écoute-moi. Je n'aurais pas dû réagir comme je l'ai fait le jour où tu as découvert les ennuis auxquels était confrontée ta famille. J'ai honte d'avoir attendu aussi longtemps pour réagir. Au lieu de t'accuser, j'aurais dû t'aider, te soutenir. Je te promets de ne plus jamais me conduire de façon aussi irresponsable, de ne plus jamais te laisser tomber si tu as besoin de moi.

— Je vivrai avec toi, si c'est ce que tu désires.

Un sourire incertain aux lèvres, il serra ses mains entre les siennes.

— Je vais le dire en premier, pour te prouver que j'ai vraiment confiance en toi, dit-il, le regard soudé au sien. Je t'aime, Rozi. Et je veux que tu m'aimes. Je crois que tu m'as aimé, mais je crains d'avoir tué ton amour. J'espère cependant que si j'arrive à te garder assez longtemps...

Elle se jeta dans ses bras.

— Ma chérie ! souffla-t-il en la serrant contre lui.

— Aimer, ça fait mal, chuchota Rozalia en savourant la sensation de la joue un peu rugueuse contre la sienne.

— Oui, murmura-t-il dans ses cheveux. Mais vivre sans toi, c'est mille fois plus douloureux... J'ai besoin de toi, Rozi. Cela me terrifie de le reconnaître... De savoir que je ne peux pas me passer de toi. C'est pour cela que j'ai lutté contre mes sentiments.

— Je sais. Moi aussi, je t'aime. Tu m'as tellement manqué…

Quelques heures plus tard, alors qu'ils reposaient sur le grand lit, nus et enlacés, Rozalia prit le visage de Viktor entre ses mains.

— Ce n'est pas une boucle d'oreille, que je cherchais, murmura-t-elle, émerveillée par sa découverte. C'était une âme sœur. Et je l'ai trouvée. Je *t'ai* trouvé.

— Bien sûr que j'accepte ! s'exclama Gisella en battant des cils, manifestement émue. J'avais toujours pensé que je serais ta demoiselle d'honneur.

Elle serra Rozi dans ses bras.

— Et c'est parfait, comme timing, puisque tout le monde est à New York en ce moment. Cela n'arrive pas si souvent !

— Vous ne voulez pas nous attendre ? lança Kaine en adressant un sourire complice à Gisella.

— Ça aurait été avec plaisir, dit Viktor. Mais nous préférons ne pas trop tarder.

— Si nous attendions pour organiser quelque chose de plus important, je serais trop grosse, fit remarquer Rozi. Et j'aurais du mal à tenir dans une robe de mariée.

Quand elle se leva, Viktor l'imita aussitôt.

— Je me sens bien, le rassura-t-elle en souriant. Je veux juste prendre mon téléphone.

— Mara pourra venir ? demanda Gisella à Viktor. Ma mère est impatiente de faire sa connaissance.

— Oui, je lui ai parlé ce matin. Elle viendra avec Bella. Elles prennent l'avion dans quelques heures.

— Mamie va être drôlement contente ! affirma Gisella. Vous vous rendez-compte ? La petite-fille d'Eszti va épouser le petit-neveu d'Istvan ! C'est presque comme si le destin avait œuvré pour que vous vous rencontriez...

— Viktor ne croit pas au destin, dit Rozi en lui prenant la main.

Il porta la sienne à ses lèvres et en embrassa la paume.

— Je n'y *croyais* pas, corrigea-t-il. Mais maintenant, j'ai changé d'avis.

Épilogue

Sa fille dans les bras, Viktor sortit de voiture et se dirigea vers Barsi in Budapest. Dès son ouverture, la boutique avait attiré une foule de clients et son succès ne s'était pas démenti depuis.

Il sourit à Ester qui lui passait ses petits bras potelés autour du cou. Il adorait sa fille. Autant qu'il aimait et admirait sa femme. La boutique avait ouvert ses portes quelques jours avant l'accouchement de Rozi, aussi avait-elle embauché deux jeunes créateurs, un homme et une femme, et une vendeuse supplémentaire, de façon à pouvoir travailler à mi-temps et s'occuper de leur fille.

Et passer du temps avec lui.

— Notre petite fureteuse préférée est là, dit l'une des vendeuses en souriant à Ester.

Dès que Viktor posa celle-ci sur ses pieds, elle trottina vers la porte sécurisée de l'atelier et passa la tête entre deux barreaux.

— Maman !

Le rire gai et chaleureux de Rozi répondit à son appel.

— J'arrive tout de suite, mon trésor !

Quelques instants plus tard, elle soulevait Ester dans ses bras.

— Papa a été sage, aujourd'hui ? demanda-t-elle avec malice à sa fille.

— Comme une image ! affirma Viktor.

Désireux d'être un meilleur père que celui qu'il avait

eu, il s'arrangeait toujours pour passer régulièrement la journée avec Ester.

— Regarder ? demanda la petite fille en désignant les vitrines.

— Oui, tu peux regarder, mais pas toucher, répondit Rozi en la reposant sur ses pieds.

En fait, Ester pouvait à peine voir le contenu des vitrines, même en se haussant sur la pointe de ses petits pieds, mais cela ne l'avait pas empêchée un jour de glisser la main dans un tiroir alors que sa mère s'occupait d'une cliente. Rozalia était arrivée juste à temps pour lui retirer un bracelet de la bouche.

— À son âge, j'étais exactement comme elle, murmura Rozi en s'appuyant contre lui. Oh ! J'allais oublier ! Gizi m'a appelée et je lui ai dit que nous envisagions d'aller voir le bébé. Elle va en discuter avec Kaine pour que nous puissions fixer une date.

— Tiens-moi au courant et je m'arrangerai pour me libérer. Cela fait un moment que tu n'as pas vu ta famille. Ils doivent te manquer.

Elle se tourna vers lui et lui enlaça la taille.

— Excuse-moi, mon chéri, mais je suis avec ma famille *tous les jours*, déclara-t-elle avant de l'embrasser.

Viktor la serra contre lui et lui caressa les cheveux.

— Et je t'en suis reconnaissant chaque jour, susurra-t-il.

— On rentre à la maison ?

— Oui, si nous arrivons à emmener ta fille sans qu'elle ne fasse une scène…

— Je crains hélas que de ce côté-là aussi, elle me ressemble…

— Dans ce cas, je suis impatient de porter l'une de ses créations. Dans une dizaine d'années, tu crois ?

Ester réalisa son premier collier de nouilles peintes deux ans plus tard. Le lendemain, son père le porta fièrement pour aller au bureau et le garda toute la journée.

Vous avez aimé *Le prix d'un scandale* ?
Retrouvez en numérique l'intégrale de la série
« Joyaux d'innocence », de Dani Collins.

1. *Une précieuse alliance*
2. *Le prix d'un scandale*

Ne manquez pas dès le mois prochain dans votre collection

AZUR

le premier tome de la nouvelle série :

> **TROIS SŒURS À SÉDUIRE** <

Trois sœurs dans la tourmente.
Trois milliardaires prêts à tout pour les conquérir.

Un roman inédit chaque mois de juin à août 2020

www.harlequin.fr

Retrouvez en juin 2020, dans votre collection

AZUR

Le secret d'une innocente, de Caitlin Crews - N°4224
ENFANT SECRET
Cecilia est sous le choc. Jamais elle n'aurait imaginé revoir Pascal Furlani dans le petit village de montagne où ils se sont connus. Six ans plus tôt, cet homme l'a abandonnée sans un mot d'adieu, après l'avoir séduite dans l'abbaye même où elle avait soigné ses blessures, séquelles d'un grave accident. Comment Pascal ose-t-il se présenter devant elle, alors qu'il a bouleversé son existence tout entière ? Après son départ, en effet, Cecilia a dû rompre les vœux qu'elle s'apprêtait à prononcer, car un enfant est né de leur relation interdite…

Son cavalier du désert, de Heidi Rice - N°4225
PRINCES DU DÉSERT
Menacée par une tempête de sable en plein désert, Kasia est secourue in extremis par un mystérieux cavalier et son étalon noir… Mais, lorsque son sauveur se révèle être le prince Raif, souverain de la tribu des Kholadis, Kasia se sent de nouveau en danger. Non seulement cet homme a une réputation de guerrier débauché mais, surtout, il éveille en elle un désir aussi intense qu'insensé. Au point que, oubliant toute prudence, Kasia passe une nuit entre ses bras. Une seule nuit, mais qui pourrait bien avoir de lourdes conséquences…

La trahison d'une princesse, de Pippa Roscoe - N°4226
Alors qu'elle admire le coucher de soleil sur les toits de Paris, la princesse Sofia mesure l'ironie de la situation. C'est dans la ville la plus romantique du monde qu'elle sera bientôt mariée à un homme qu'elle n'aime pas ! Certes, elle connaît son devoir envers son peuple, et cette union de convenance fait partie de ses nombreuses obligations. Seulement, à l'heure de renoncer à sa liberté, elle ne peut s'empêcher de songer à Theo Tersi, celui qu'elle a follement aimé autrefois, puis trahi en l'abandonnant sans un mot d'explication. Theo, qu'elle va revoir au bal de ses fiançailles, même si elle l'ignore encore…

Le fiancé d'une reine, de Rachael Thomas - N°4227
MARIAGE ARRANGÉ

Si Kaliana n'a pas trouvé un époux d'ici quatre mois, elle sera mariée de force par son père ! En tant qu'héritière du royaume d'Ardu Safra, elle a des devoirs, bien sûr, mais comment ne pas trembler devant l'injonction du roi ? Éprise de liberté, elle veut pouvoir s'unir à un homme qu'elle aura choisi. Et c'est sur Rafe Casella, un milliardaire sicilien, qu'elle jette bientôt son dévolu. Certes, il ne peut s'agir d'amour entre eux, malgré leur attirance indéniable et la nuit passionnée qu'ils ont passée ensemble. Mais au moins, leur engagement sera clair et net – et leur mariage, de pure convenance…

Tentation argentine, de Louise Fuller - N°4228

Cela fait deux ans que Mimi tente d'oublier le baiser brûlant qu'elle a échangé avec Bautista Caine, le frère de sa meilleure amie. En vain. Bien qu'il l'ait brutalement rejetée après leur fougueuse étreinte, cet homme occupe toutes ses pensées, jour et nuit ! Alors, aujourd'hui qu'elle doit le revoir à l'occasion d'un mariage en Argentine, Mimi redoute ses propres réactions. Saura-t-elle rester de marbre face à Bautista, sans trahir le désir qu'il lui inspire encore, bien malgré elle ?

Une dernière étreinte ?, de Melanie Milburne - N°4229

Un week-end en Grèce. Alors que beaucoup en profiteraient pour se prélasser au soleil, Juliette n'a qu'un objectif : présenter sa demande de divorce à Joe Allegranza. Après quinze mois de séparation, il est temps pour elle de mettre fin à la mascarade de leur mariage. Certes, sa rencontre avec Joe a été passionnée. Mais jamais ils n'auraient dû convoler, alors que tous deux ne partageaient rien d'autre qu'une exceptionnelle entente charnelle. Sitôt qu'elle le revoit, hélas, ses résolutions vacillent. Son époux lui fait toujours autant d'effet, au point que Juliette a soudain très envie de s'offrir une dernière étreinte entre ses bras puissants…

Un diamant pour son assistante, de Clare Connelly - N°4230

Tout réussit à Thanos Stathakis – ou *presque*. Cela fait des années qu'il cherche à racheter la société autrefois perdue par sa famille, or un obstacle se dresse encore devant lui. L'actuel propriétaire refuse de lui céder ce joyau tant convoité, pour l'unique raison qu'il traîne une réputation scandaleuse d'homme à femmes. Qu'à cela ne tienne, Thanos va se marier. Et il a déjà une idée de celle qui pourra redorer son image. Alice, son innocente assistante si troublée en sa présence, jouera à la perfection le rôle de son épouse… s'il parvient à lui passer la bague au doigt !

L'héritier d'un milliardaire grec, de Lynne Graham - N°4231
SÉRIE : *TROIS SŒURS À SÉDUIRE* - 1/3

Trahie par l'homme dont elle est tombée amoureuse, Winnie l'a quitté – sans lui révéler qu'elle portait son bébé. Aussi est-elle bouleversée lorsque, deux ans plus tard, Eros Nevrakis se présente à elle, furieux. Parce qu'il a découvert son secret, le voilà prêt à tout pour légitimer son héritier... Alors qu'il exige que Winnie l'épouse et l'accompagne sur son île grecque, elle se sent prise au piège. Si elle refuse, Eros n'hésitera pas à lui ravir ce qu'elle a de plus précieux : leur enfant.

Scandale à Madrid, de Susan Stephens - N°4232
SÉRIE : *PASSION AU PARADIS* - 2/6

À Madrid, tout le monde le connaît comme le duc d'Alegon, homme d'affaires le plus puissant d'Espagne. Mais, dans son château à flanc de montagne, il redevient Alejandro, roi des Tziganes. Fascinée par cet homme complexe à la réputation sulfureuse, la douce et innocente Sadie accepte de le suivre sur ses terres et, bientôt, cède à l'attrait qu'il exerce sur elle. Dans cette passion irrésistible et sauvage, Sadie se révèle et se perd. Jusqu'à se découvrir enceinte et provoquer par là même un retentissant scandale...

Le baiser d'Angelo Navarro, de Dani Collins - N°4233

En tant qu'héritière de la puissante famille Montero, Pia sait ce qu'on attend d'elle : un mariage avec un aristocrate de son rang. Or, à l'occasion d'un bal masqué, elle perd la raison sous le regard d'un inconnu, mystérieux et envoûtant. Un baiser, une étreinte passionnée, et voilà qu'elle lui offre son innocence... Une folie d'autant plus grande que, bientôt, Pia découvre que son amant d'une nuit n'est autre qu'Angelo Navarro, fils illégitime d'un baron. Un homme sans naissance, entouré de scandale – le dernier qu'elle devrait fréquenter, mais le seul qu'elle désire et dont elle attend l'enfant...

Séduction sans scrupule, de Lucy Monroe - N°4234

Séduire Hope Reynolds, l'épouser et se débarrasser d'elle au plus vite. Tel est le plan de Luciano Di Valerio. Non pas que ce procédé lui soit particulièrement agréable, mais il n'a pas le choix : le grand-père de la jeune femme a fait de ce mariage la condition pour lui rendre ses parts de Di Valerio Shipping, l'entreprise familiale que Luciano s'est juré de sauver de la faillite. Et puis, le désir brûlant que lui inspire Hope compensera un peu son aversion viscérale pour le mariage. Mais, à mesure que les jours passent, Luciano ne peut empêcher une question de le hanter : Hope est-elle une femme sans scrupule qui a demandé l'aide de son grand-père pour arriver à ses fins... ou l'innocente victime de cette sombre machination ?

OFFRE DE BIENVENUE !

Vous êtes fan de la collection Blanche ?
Pour prolonger le plaisir, recevez gratuitement

◆ 1 livre Blanche gratuit ◆
et 2 cadeaux surprises !

Une fois votre colis de bienvenue reçu, si vous souhaitez continuer à recevoir nos romans Blanche, cela se fera automatiquement. Vous recevrez alors chaque mois, 3 volumes doubles inédits de cette collection au tarif unitaire de 7,20€ (Frais de port France : 2,05€).

➡ LES BONNES RAISONS DE S'ABONNER :

Aucun engagement de durée ni de minimum d'achat.
◆
Aucune adhésion à un club.
◆
Vos romans en avant-première.
◆
La livraison à domicile.

➡ ET AUSSI DES AVANTAGES EXCLUSIFS :

Des cadeaux tout au long de l'année.
◆
Des réductions sur vos romans par le biais de nombreuses promotions.
◆
Des romans exclusivement réédités notamment des sagas à succès.
◆
L'abonnement systématique et gratuit à notre magazine d'actu ROMANCE.
◆
Des points fidélité échangeables contre des livres ou des cadeaux.

➡ REJOIGNEZ-NOUS VITE EN COMPLÉTANT ET EN NOUS RENVOYANT LE BULLETIN !

✂ -

N° d'abonnée (si vous en avez un) ⌷⌷⌷⌷⌷⌷⌷⌷   BOZEA3

Mme ☐ Mlle ☐ Nom : .... Prénom : ....

Adresse : ....

CP : ⌷⌷⌷⌷⌷ Ville : ....

Pays : .... Téléphone : ⌷⌷⌷⌷⌷⌷⌷⌷⌷⌷

E-mail : ....

Date de naissance : ⌷⌷ ⌷⌷ ⌷⌷⌷⌷

☐ Oui, je souhaite être tenue informée par e-mail de l'actualité d'Harlequin.
☐ Oui, je souhaite bénéficier par e-mail des offres promotionnelles des partenaires d'Harlequin.

Renvoyez cette page à : Service Lectrices Harlequin – CS 20008 – 59718 Lille Cedex 9 - France

Date limite : **31 décembre 2020**. Vous recevrez votre colis environ 20 jours après réception de ce bon. Offre soumise à acceptation et réservée aux personnes majeures, résidant en France métropolitaine. Prix susceptibles de modification en cours d'année. Vous pouvez demander à accéder à vos données personnelles, à les rectifier ou à les effacer. Il vous suffit de nous écrire en nous indiquant vos nom, prénom et adresse à : Service Lectrices Harlequin - CS 20008 - 59718 LILLE Cedex 9. Harlequin® est une marque déposée du groupe HarperCollins France – 83/85, Bd Vincent Auriol – 75646 Paris cedex 13. Tél : 01 45 82 47 47. SA au capital de 3 120 000€ - R.C. Paris. Siret 31867159100069/APE5811Z.

RESTEZ CONNECTÉ AVEC HARLEQUIN

Harlequin vous offre un large choix de littérature sentimentale !

Sélectionnez votre style parmi toutes les idées de lecture proposées !

 www.harlequin.fr   **L'application Harlequin**

- **Découvrez** toutes nos actualités, exclusivités, promotions, parutions à venir...

- **Partagez** vos avis sur vos dernières lectures...

- **Lisez** gratuitement en ligne

- **Retrouvez** vos abonnements, vos romans dédicacés, vos livres et vos ebooks en précommande...

- Des **ebooks gratuits** inclus dans l'application

- **50 nouveautés tous les mois** et + de 7 000 ebooks en téléchargement

- Des **petits prix** toute l'année

- Une **facilité de lecture** en un clic hors connexion

- Et plein d'autres avantages...

Téléchargez notre application gratuitement

SUIVEZ-NOUS !   facebook.com/HarlequinFrance
twitter.com/harlequinfrance

Composé et édité par HarperCollins France.

Achevé d'imprimer en avril 2020.

Barcelone

Dépôt légal : mai 2020.

Pour limiter l'empreinte environnementale de ses livres, HarperCollins France s'engage à n'utiliser que du papier fabriqué à partir de bois provenant de forêts gérées durablement et de manière responsable.

Imprimé en Espagne.

OFFRE DÉCOUVERTE !

Vous souhaitez découvrir nos collections ? Recevez **votre 1er colis gratuit*** avec **2 cadeaux surprises !** Une fois votre colis de bienvenue reçu, si vous souhaitez continuer à recevoir nos livres, cela se fera automatiquement. Vous recevrez alors vos livres inédits** en avant-première.

Vous n'avez aucune obligation d'achat et cette offre est sans engagement de durée !

*1 livre offert + 2 cadeaux / 2 livres offerts pour la collection Azur + 2 cadeaux. Les collections Gentlemen et Aliénor démarrent avec le 1er colis payant.
**Les livres Ispahan, Sagas, Best-Sellers Féminins, Gentlemen et Hors-Série sont des réédités.

☞ COCHEZ la collection choisie et renvoyez cette page au
Service Lectrices Harlequin – CS 20008 – 59718 Lille Cedex 9 – France

Collections	Références	Prix colis*
❏ AZUR	Z0ZFA6	6 livres par mois 28,79€
❏ BLANCHE	B0ZFA3	3 livres par mois 23,65€
❏ LES HISTORIQUES	H0ZFA2	2 livres par mois 16,59€
❏ ISPAHAN	Y0ZFA3	3 livres tous les 2 mois 23,35€
❏ PASSIONS	R0ZFA3	3 livres par mois 25,09€
❏ SAGAS	N0ZFA3	3 livres tous les 2 mois 27,66€
❏ BLACK ROSE	I0ZFA3	3 livres par mois 25,09€
❏ VICTORIA	V0ZFA3	3 livres tous les 2 mois 25,69€
❏ GENTLEMEN	G0ZFA2	2 livres tous les 2 mois 17,35€
❏ BEST-SELLERS FÉMININS	E0ZFA2	2 livres tous les 2 mois 18,75€
❏ ALIÉNOR	A0ZFA2	2 livres tous les 2 mois 17,35€
❏ HORS-SÉRIE	C0ZFA2	2 livres tous les 2 mois 17,35€

N° d'abonnée Harlequin (si vous en avez un) |__|__|__|__|__|__|__|

Mme ❏   Mlle ❏   Nom : _____

Prénom : _____   Adresse : _____

Code Postal : |__|__|__|__|__| Ville : _____

Pays : _____   Tél. : |__|__|__|__|__|__|__|__|__|__|

E-mail : _____

Date de naissance : _____

❏ Oui, je souhaite recevoir par e-mail les offres promotionnelles des éditions Harlequin.
❏ Oui, je souhaite recevoir par e-mail les offres promotionnelles des partenaires des éditions Harlequin.

Date limite : 31 décembre 2020. Vous recevrez votre colis environ 20 jours après réception de ce bon. Offre soumise à acceptation et réservée aux personnes majeures, résidant en France métropolitaine, dans la limite des stocks disponibles. Prix susceptibles de modification en cours d'année. Vous pouvez demander à accéder à vos données personnelles, à les rectifier ou à les effacer. Il vous suffit de nous écrire en nous indiquant vos nom, prénom et adresse à : Service Lectrices Harlequin CS 20008 59718 LILLE Cedex 9. Service Lectrices disponible du lundi au vendredi de 8h à 18h : 01 45 82 47 47.